風に紅葉考

―百花繚乱する〈性〉への目差し―

大倉比呂志
Hiroshi ŌKURA

武蔵野書院

風に紅葉考——百花繚乱する〈性〉への目差し——目次

凡例

『風に紅葉』の本文は大倉比呂志・鈴木泰恵編『校注　風に紅葉』（新典社　二〇一二・10）により、上段は共編著、下段は中世王朝物語全集15所収『風に紅葉』の該当個所を記す。算用数字は巻（全集本では上・下）、漢数字は該当ページを示す。

　さらに、第四章『恋路ゆかしき大将』（中世王朝物語全集8）、第五章『とはずがたり』（新編日本古典文学全集）においても、算用数字は巻、漢数字は該当ページを示しておく。

　他の作品の本文は次の通りである。

○中世王朝物語全集―『我身にたどる姫君』
○新編日本古典文学全集―『落窪物語』『蜻蛉日記』『源氏物語』『栄花物語』『とりかへばや物語』『堤中納言物語』『催馬楽』『十訓抄』
○新日本古典文学大系―『古今集』『後撰集』『拾遺集』『後拾遺集』『新古今集』『昔話稲妻表紙』
○講談社学術文庫―『今鏡』『梁塵秘抄口伝集』
○岩波文庫―『風葉集』（王朝物語秀歌集）
○佐藤亮雄校註『百座法談聞書集』（南雲堂桜楓社　一九六三・9）―『百座法談』
○日本古典文学大系―『古今著聞集』『曽我物語』
○日本思想大系―『たきつけ草』（近世色道論）
○新典社校注叢書―『水鏡』
○室城秀之『うつほ物語　全』（おうふう）―『うつほ物語』

　なお、本文の一部を私に改訂した個所のあることを御断りしておく。

序

『風に紅葉』をはじめとして中世王朝物語にはかくも多くの〈性〉にまつわる記述が多いのだろうか。本書は『風に紅葉』に関する七本の既発表論文をもとにしているが、密通をはじめとして、〈性〉を抜きにしては語ることができないほど、〈性〉との濃厚な関わりが特色となっているといえよう。『風に紅葉』と同じ中世王朝物語に属する『いはでしのぶ』や『我身にたどる姫君』にもその傾向が強いと考えられるわけだが、『風に紅葉』と比較した場合、〈性〉が占める割合は少ないと推察される。『風に紅葉』には多様な〈性〉の現象が語られてはいるものの、『我身にたどる姫君』の前斎宮が関わっているレズビアンはなく[1]、〈性〉が網羅的に取り上げられているわけではない。にもかかわらず、『風に紅葉』では、〈性〉が抉剔されており、ほぼ同時代に成立したと推測される『とはずがたり』との関係も無視してはなるまい[2]。

さらに、平安時代に輩出した『落窪物語』や『(古)住吉物語』のごとき〈継子いじめ〉の話型は、中世王朝物語でも『白露』に継承されているのをはじめ、〈実子いじめ〉(『木幡の時間』)、〈嫁いじめ〉(『しのびね』)〈妹いじめ〉(『風に紅葉』)のような〈いじめ〉が数多く語られるようになった原因は何によるのだろうか。今後、詳細な分析を行っていく必要があろう。

ところで、太政大臣北の方と梅壺女御とは継母と継子という立場にありながらも、〈継子いじめ〉の要素は全くなく、あたかも仲の良い母娘のように語られているのはなぜか。それを〈継子いじめ〉に対する反措定だといってしまえば簡単だが、単純に反措定という一言では片付けられない問題があるように思われる。そのうえ、大将とその分身である遺児若君との間でホモセクシュアルが繰り広げられているように、継母子で良好な関係を築いている北の方と梅壺女御との間にレズビアンが成立しても不思議ではないのに、そのような状況が一切語られていないのにはいかなる理由があるのだろうか。レズビアンが語られている『我身にたどる姫君』と『風に紅葉』との成立の前後関係は不明としか言いようがないが、『風に紅葉』における大将と遺児若君との間で繰り広げられたホモセクシュアルは、例えば「もろともに隙間なう大殿籠りて」(2・六六。下・六九)、「例の隔てなく臥し給ひつつ」(2・七二。下・七三)と語られているように、抽象的な叙述にとどまっているのに対して、[3]『我身にたどる姫君』では前斎宮と女房との間で「首を抱きてぞ臥し」て、「衣の下も静かなら」ぬレズビアン状況が具体的に語られている点を考えると、『風に紅葉』は『我身にたどる姫君』以上のレズビアン状況を語り得なかったからこそ、『風に紅葉』ではレズビアン描写が回避されたのではないのか。とすれば、『我身にたどる姫君』は『風に紅葉』に先行することになろう。あるいは逆に、『風に紅葉』においてレズビアンが語られていないので、『我身にたどる姫君』ではそれが前面に押し出されて語られたのだろうか。そのような推測が成り立つとすれば、逆に『風に紅葉』が『我身にたどる姫君』に先行することになろう。種々疑問点を列挙してきたが、現在のところ、それらに対する納得のいく解答を用意しているわけではない。

いずれにせよ、『風に紅葉』は〈性の宝庫〉である点は否めず、中世王朝物語の傾向として、〈性〉と〈いじめ〉の問題は看過できまい。特に、『風に紅葉』で語られている〈妹いじめ〉に注目すると、故式部卿宮の姫君が異母姉の承香殿女御の里邸の「西の対」に居住させられているのは、院が姫君に触手を動かしたために女御の立腹を惹起したのであり、さらに姫君が追放されたのは、大将を恋慕している女御が大将と姫君との関係を察知した結果である点から考えると、この〈妹いじめ〉は〈性〉と密接に脈絡していると考えられる。とすると、『風に紅葉』は『落窪物語』の姫君に対する継母の〈いじめ〉とは質を異にしており、そこに中世王朝物語との差異化の一例が端なくも顕現しているのではなかろうか。

最後に、平安時代物語と中世王朝物語との差異はどこにあるのかといった問題に関しては、[4]中世王朝物語のひとつひとつの作品を地道に研究し、それによって得られた成果を比較していくより他にはあるまい。

注

（1）辛島正雄『中世王朝物語史論』上巻所収の「〈女の物語〉としての『我身にたどる姫君』女

帝と前斎宮と」（笠間書院　二〇〇一・5）の初出論文の題名は「『我身にたどる姫君』の女帝と前斎宮をめぐる断章――レズビアンの物語の示唆するもの――」（「文学論輯」三十八号　一九九三・3）とあり、題名に「レズビアン」なることばが使用されている。

（2）詳細は本書第五章を参照されたい。

（3）大将と遺児若君とのホモセクシュアルに関して、「身なりなど磨けるやうなる手触り、女のさまよりをかしげなり」（1・四一。上・三七）というような多少具体的な叙述も見られるが、前斎宮のレズビアン描写と比較すると、身体に対する感触が語られているのに過ぎず、『我身にたどる姫君』におけるレズビアン描写のごとき局部的具象性とは差異がある。とすれば、レズビアン描写の方がホモセクシュアルのそれよりも一歩先んじているのであろうか。

（4）最近、千野裕子は『女房たちの物語文学論』（青土社　二〇一七・10）において、中世王朝物語に直接触れたものではないが、『源氏物語』と『狭衣物語』に語られている女房たちのあり方の差異に注目して、『源氏物語』と比較して『狭衣物語』では、「人物同士が近いところにいるにもかかわらず、情報の交換が適切になされない。ネットワークは存在しているのに、機能していない」と、新たな視点から両物語の差異を論じている点は注目される。

第一章 〈性の博物館〉としての『颪に紅葉』

はじめに

中世王朝物語に属する『いはでしのぶ』や『我身にたどる姫君』には密通という〈性〉に関わる描写が多出するわけだが、『風に紅葉』ではそれがどのように語られているのだろうか。その『風に紅葉』は分量からすれば、それほど大部のものではなく、いわば中編物語に属するものと考えられるが、男主人公大将（後に内大臣となるが、以下、大将と称する）と帝（後に朱雀院）の女御たちをはじめとする高貴で年上の女性たちとの密通が随所で語られているばかりではなく、大将の亡き異母兄の若君（以下、遺児若君と称する）との〈同性愛〉が頻繁に繰り広げられており、いわば〈性の博物館〉もしくは〈性の劇場〉のごとき様相を呈しているといってもよいだろう。

このように〈性〉に照射していくと、大将と高貴な女性たちとの密通とは別に、中宮（大将の父関白の妹で、叔母。大将の正妻一品宮の母親。後に皇太后宮・女院）への大将の出入りが帝によって禁じられていることが、三個所にわたって語られているわけだが、そこにどのような意味が内包されているのだろうか。その点を中心に論じていこうと思う。

一

大将が中宮のもとに出入りすることを帝によって禁じられた部分は三個所あり、それらは、

①この（一品宮ノ）御さまをも中宮の常にも見きこえ給はず、うとうとしきを、大将は、などかくはおはしますぞ。心つけ顔に上（帝）の（中宮ト大将ノコトヲ）思し疑ふなるぞをかしき。思ひ寄るほどのことかは。七、八ばかりにて童殿上して参り給へりける折、つくづくと目離れなくまもりきこえ給へりけるを、上の御覧じて、「心のつかんままに、誰がためもよしなし」とて、（中宮へノ）御入り立ちは放たれ給ひにけり。その後は、（中宮ノ）御衣の裾よりほかに見きこえ給はず。（1・三四。上・三〇—三一）

②「なにがし（注—大将）は幼くて、中宮をつくづくと見きこえたりけるにこそ、『行く末推し量らる』とて、長く（中宮へノ）御入り立ちは離れきこえたれ。この有様（注—遺児若君が宣耀殿女御に添い寝したこと）、春宮の御前にて人々学びきこえ給ふな。いかにも悪しく思さんぞ。されど、これ（遺児若君）は（女御ト）御同胞なれば（注—大将の意向で、表面上は女御と遺児若君とを異母姉弟としていること）。大臣（父関白）は中宮にもさて（注—関白と中宮とは兄妹）こそおはすめれ。なにがし（注—大将）が一つ隔てある身になりて、もの狂ほしく、御子

と同じほどなるものを、思し疑ふ上の御心こそけしからね。されど、げにすぐれ給ひなん人（注―美しい女性）は、見ん人（注―世話をする夫）苦しかるべし」とて、（女御ヲ）うち見やりきこえ給へば、……（1・四八。上・四五）

③（モトノ帝デ現在ノ朱雀院ハ）皇太后宮（注―もとの中宮）の御あたり、例の雲居はるかにもてなさるるを、（大将ハ）いとものし、と思しつつ、女宮（一品宮）に「かやうになれば、さもありぬべきこと（注―これほどまで隔てられると、逆に密通が生じても不思議ではないこと）からと、心も尽きておぼゆる。同じくは、さらばこのほどに（モトノ中宮ノモトニ）導かせ給へかし。（モトノ中宮ハ）御鏡の影（注―鏡に映る一品宮の姿）に似きこえさせ給へりや」など（大将ハ）のたまひゐたれば、……（2・五八。下・五八）

と語られている。

①では七、八歳だった大将が中宮を凝視したために、帝は大将が中宮を恋慕しているのではないかと懸念し、将来における密通の可能性を危惧して、中宮への出入りを禁止したと語られている。ちなみに点線部は大将の心中思惟と考えられるが、中宮と大将について帝が過剰に反応していることに対して、大将が批判的にとらえているのであり、それゆえに点線部のごとく不満意識を表出させたものであろう。②は大将の妹で春宮（後に帝）の宣耀殿女御（後に弘徽殿中宮）が遺児若君の眉作りをした際、女御の手をなめ回した後に、大将は①と同様の内容を女

御に語ったという記事である。③は大将と一品宮との間に生まれた姫君が五歳となり、袴儀が行なわれた際、かつての帝は朱雀院と称され、中宮も皇太后宮となっているわけだが、院は昔と同様、大将が皇太后宮に接近するのを阻止しようとしていることを大将が一品宮に語っている件である。②は①で語られたことの繰り返しであり、それは両者の傍線部と波線部における類似した表現によって理解されよう。とすれば、同一内容が繰り返されているのは、大将の根底で不満意識が表出されていると考えるべきではなかろうか。さらに③において、大将の中宮への出入り禁止は帝の退位後にまで及んでいるのであって、そこに帝の大将に対する並々ならぬ警戒心を看取すべきだろう。というのは、大将の父親は初元結の時に、「古き大臣の御女」(1・一一―一二。上・八)と結婚したものの、八年ほど経過して、帝の同母妹である女一宮を盗んだ結果、生まれたのが大将であったことから、父親の血筋を受け継いでいると考えられる大将を帝は警戒したと推察されるからである。だからこそ、帝は父関白の女一宮盗み出しに懲りて、大将の元服時に、先取りして娘の一品宮と結婚させたのだ。

ところで、例えば「隈なうおはしまして、采女が際までも、容貌をかしきをば御覧じ過ぐさず」(1・一四。上・一一)とあるように、帝は〈好色者〉であるが、中宮に対する愛情は特別なものであると語られている点からすれば、帝は中宮といういわば聖域に自分以外の男が足を踏み入れるのを拒絶しているのだ。このことは光源氏が息子夕霧を紫上に接近させようとはしなかった点と軌を一にしていよう。ちなみに、帝が退位して院になった後までそのような危惧を持ち続けていることに対して、大将は内心では二重傍線部「いとものし」と不快感を抱いていたと語られている。ではなぜ帝（院）は大将が中宮（皇太后宮）に接近することに神経を尖らせているのだろうか。例えば桐壺巻で更衣が亡くなった後、入内した先帝の四宮藤壺の局に桐壺帝が元服前の光源氏を同伴した結果（さすがに光源氏が元服後には、桐壺帝も光源氏を藤壺の所には連れて行っていないが）、やがて密通が生じたようなことは帝にとって容認できるものではなかったと語られようとしたのではないのか(1)。だからこそ、大将と中宮との密通を回避するために、帝は細心の注意を払って、強力に大将の中宮への出入りを禁止したのではないのか。帝には桐壺巻で生じたような危険な状況を回避しようとする強い意志が作動したのだ。

大将に対する帝のこのような厳しい拘束があったからこそ、結果的に大将は梅壺女御（後に中宮・皇后宮）並びに承香殿女御という帝の二人の妻たちの〈性〉を獲得することになったのではなかろうか。もちろん、二人の女御たちは自分たちの方から大将に接近していった〈女すみ(2)〉ではあるわけだが、大将は二人の女御たちを拒絶することはなく、女御たちから提供された〈性〉を受け入れたのだ。このように①から③までに語られている叙述は、帝の大将が中宮のもとに出入りするのを禁じた措置に対する大将の不満意識が表出されたものと考えられるが、それは二人の女御との〈性戯〉に脈絡しているのではなかろうか。すなわち、それは中宮への出入りを禁じた帝に対する〈報復〉ではなかったのか。あるいは、中宮との不可能な密通への〈代用〉だったのではなかろうか。大将に対する女御たちからの積極的な姿勢は、

④　有明のつれなき影に先立ちてまた夕闇の心惑ひよ

とむせかへり給ふ（梅壺女御ノ）御気色も、逆様事なり。（1・二八。上・二四―二五）

と先に梅壺女御の方から大将に贈歌し、また、

⑤（大将ハ承香殿女御ノコトガ）心に入れずは見えじ、と折を過ぐさず（女御ヲ）訪れなどはし給へど、（大将ノ女御ニ対スル愛情ハ）こなた（注―女御）の御心ざしの十が一だにあらじとぞ見ゆる。（1―三二。上・二九）

と語られているように、二個所の傍線部から二人の女御たちの大将に対する積極性を窺い知ることができよう。その点からも女御たちの方からの大将への〈性〉の提供が看取されるべきであって、それは〈女〉の側からの〈性〉の贈与だったのだといえよう。

一方、大将の妹宣耀殿女御一人だけに愛情を注ぎ、他の女性たちには目もくれない春宮に関してはどのように語られているのだろうか。宣耀殿女御が再度の懐妊後、重態に陥ったために、大将は観相にすぐれ唐帰りの聖を招請する目的で、難波に下向し、亡き異母兄の遺児若君を異母弟という触れ込みで、彼を連れて帰京した後、遺児若君が女御と対面した時のことは、

⑥（遺児若君ノ）幼心地にも、女御の御さまの、日頃人にすぐれてうつくしう懐かしと見きこ

えつる宮（一品宮）よりも、なほ目もあやなる（女御）を、つくづくとまもりきこえ給ふを、
……（1・四六。上・四三）

と語られている。傍線部は引用文①②と類似した表現であり、大将が中宮を凝視したのと同様に、遺児若君も宣耀殿女御を凝視したのである。そこに遺児若君の女御への恋慕が想起されるが、この後に語られている遺児若君の女御への添い寝は春宮に伝えられることもなく、物語の展開上大きな役割を果たすこともない。

ところで、春宮には宣耀殿女御の他に、麗景殿女御（太政大臣の娘で、梅壺女御と姉妹）も入内しているが、大将と関わる記事はなく、また、帝と兄弟関係にある前斎宮は大将を恋慕するものの、「手当たりもあまりやせやせにさらぼひ」（2・六一。下・六二）て、「『（前斎宮ガ）御車より降り給へりし折、思ひあへず見たてまつりたりし、墨絵のやうにて、うつくしうもおはしまさざりし』」（2・六一。下・六二―六三。遺児若君の大将への発言）と語られているごとく、大将にとって魅力に乏しいがゆえに、〈性〉の対象とはなりえず、二人の間には〈性〉の関係はなかったのである。とすれば、前述した梅壺女御と承香殿女御という帝の二人の女御たちの大将に対する恋慕と〈性〉の提供は看過しがたく、いわば帝の領有する二人の女御たちとの情事が語られている点に注目すべきなのだ。それは前述したごとく、中宮への出入りを禁じられた大将の帝への〈報復〉という視点から考えていくべきではなかろうか[3]。大将の二人の女御たちとの密通

は、大将にとっては愛情の問題ではあるまい。大将に二人の女御たちを積極的に駆り立たせ、彼女たちの大将への強烈な恋慕を利用して、結果的に〈性〉を提供させたところに、大将の帝に対する〈報復〉を果たそうとする力学が働いているのではなかろうか。

以上のように、一見穏やかに見える帝と大将との関係の根底には両者の眼に見えない緊張関係が内包されているのであり、大将と中宮の密通の可能性に対する帝の執拗な危惧とそれに対する大将の〈報復〉が語られているといえよう。二人の女御たちの大将に対する強烈な恋慕をてこにして、彼女たちの方から大将に〈性〉を提供させたところに、大将の帝への〈報復〉が企図されている。これら二人の女御たちの大将への〈性〉の提供は秘密裡に行なわれたとはいえ、ほとんど問題にされることもなく、梅壺女御の背後に太政大臣という後見勢力が作用したとしても、中宮という后の最高位に達するわけだから、女御時代の密通は問題視されなかったのではないのか。[4]このような〈性〉の氾濫は、『風に紅葉』とほぼ同時代に成立したと考えられる『とはずがたり』にも顕著であって、[5]それが中世という時代のひとつの特色なのだともいえよう。

ここでもうひとつ考えておかねばならない問題がある。幼い大将の中宮への出入りを禁じるという帝の措置には、他者に中宮の〈性〉を領略されたくはないという帝の強烈な思いがあったとしても、それは帝の大将に対するいわば一種の〈いじめ〉であり、大将の二人の帝の女御たちとの〈性戯〉は帝に対する〈報復〉であると考えられるとするならば、本作品には〈いじめ〉と〈報復〉という要素が内在化されているのであって、根底には変形された〈継子譚〉の話型がちりばめられているといえるのではなかろうか。さらに、〈いじめ〉という視点に立脚すれば、大将が承香殿女御の実家に立ち寄り、垣間見したところ、「火をつくづくとながめて、いともの思はしげなるまみのわたり、あはれに懐かしう、らうたげなること限りな」(2・六五―六六。下・六六)い姫君に注目した結果、大将は恋慕して、情交に至った故式部卿宮の姫君との関係を考えねばなるまい。姫君の異母姉で〈女すすみ〉の承香殿女御が二人の関係を聞き知り、嫉妬して、姫君を追放し(〈いじめ〉)、その厳重な管理を委託したにもかかわらず、被委託者の恩情によって姫君は監禁されることはなく、東山の尼君を頼って三輪に移居したために、姉の〈いじめ〉から逃れることができたのは、姉に対する一種の〈報復〉と考えられはしまいか。とすれば、『落窪物語』における継母の継子に対する〈いじめ〉と継母への〈報復〉とは形態を異にしてはいるものの、その根底には〈いじめ〉と〈報復〉という構造が内在化されているのではなかろうか。

二

大将は加行のために、一品宮の一人寝の状態にならざるをえない点を憂慮して、遺児若君に一品宮の〈性〉を提供する。遺児若君は内心では一品宮に魅せられながらも、最初は拒絶するわけだが、次第にその虜になって、一品宮と情交を重ねることになる。ここにおいても、大将から遺児若君に対して〈性〉の贈与がなされているのである。

また、一品宮が遺児若君の子を出産し、逝去するわけだが、〈性〉の贈与の一例として、その後、大将の父関白の「『今宵、女房のそばにおはしまさぬは忌むこと』」（2・九九。下・一〇二）という意向で、〈精進落とし〉の意をこめて、[6]大将に故帥宮の姫君の〈性〉が提供されるが、大将は断わる。その後、姫君は大将から遺児若君に贈与された後、「（姫君ハ）様々思ひ結ぼほれ給ふけにや、心地もかきくれ、世に長らふべくもなく見え給」（2・一一四。下・一一五）うたので、修学院に参籠していたところ、太政大臣の息子按察使大納言（もとの左衛門督）に盗み出されて、[7]物語は終結する。

このように随所で〈性〉の贈与が語られているわけだが、大将が一品宮と結婚した後、伯父の太政大臣から梅見の宴に誘われる。その時の太政大臣の詞は、

⑦「翁（注―太政大臣）、むげに（死ニ）近づきたる心地しはべるに、この人（注―北の方との間に生まれた小姫君）のむつかしきほだしにおぼえはべる。ものめかさばこそ世の聞こえも便なうはべるらめ、ただ候ふ人の列にて育ませ給ひなんや」と聞こえ給へば、……（1・二〇。上・一六）

とあるように、太政大臣から大将に小姫君の提供が打診される（後に、小姫君は遺児若君に譲渡さ

れ、二人は結婚する）。その後に展開される酒宴の場面は、

⑧「御賄ひを宮仕ひ初めにも、それや」と、大臣の上（北の方）に聞こえ給へば、居ざり寄りて、銚子取りて奉り給へば、大将居直りて、色許りて見ゆる女房を、「こちや。いかが、さることは」とのたまへど、（北の方ハ）なほ押さへて奉り給ふを、「さらば、また」とて、㋑受け給ふほどの（大将ノ）御気色、（北の方ハ）ただ死ぬばかりぞおぼえ給ふ。大臣の盃取り給ふ折、（北の方ハ）うち置き給へば、大納言の君と呼ばるるぞ奉る。㋺大臣は例の我しもとく酔ひ給ふ癖にて、「むげに無礼にはべり」とて入り給ひぬれば、……（1・二〇―二一。上・一七）

とあり、傍線部㋺において太政大臣が退席したことが語られている。それは『源氏物語』藤裏葉巻で夕霧が内大臣（もとの頭中将）から自邸で開催する藤の宴に招待され、赴いたところ、長年にわたって実現しなかった雲井雁との結婚を内大臣が許す件は、

⑨大臣、「朝臣（注―内大臣の長男柏木）や、（夕霧ノ）御休み所もとめよ。翁（注―内大臣）いたう酔ひすすみて無礼なればまかり入りぬ」と言ひ捨てて入り給ひぬ。

と語られており、引用文⑧の㋺と⑨の傍線部とが酷似している点から、⑨が⑧に影響を及ぼしたと指摘されている。[8] すなわち、両作品において太政大臣と内大臣は自身のことを「翁」と称しており、大将は太政大臣から自邸で開催する梅見の宴に招待され、出かけたところ、太政大臣が酔いを理由に退席した後、大将と北の方との間で〈性戯〉が繰り広げられることになる。

それは、内大臣が酔いを理由に退席した後、内大臣から結婚を許された夕霧と雲井雁は〈性戯〉に耽り、夜の「明くるも知らず顔なり」という状況と酷似しているのだ。とすれば、太政大臣の退席は大将と北の方との密通を黙認するという太政大臣の暗黙の了解が語られているのではなかろうか。両作品の要点を簡単に図式化すると、藤裏葉巻は、

(i)内大臣が自邸における藤の宴に夕霧を招待
↓
(ii)内大臣は自身を「翁」と称して、酔いを理由に退席
↓
(iii)夕霧と雲井雁の結婚許可
↓
(iv)二人の〈性戯〉への耽溺

となる。一方『風に紅葉』においても、

(i)'太政大臣が自邸における梅見の宴に大将を招待
↓
(ii)'太政大臣は自身を「翁」と称して、酔いを理由に退席
↓

(iii)' 大将と北の方との密通を黙認
↓
(iv)' 二人の〈性戯〉

となり、藤と梅の差異があるだけで、話筋は極めて酷似している。

ちなみに、太政大臣は「すでに六十に及び給ひぬる」（2・五三。下・五四）とある一方、北の方は「二十六、七にやと見ゆる」（1・一九。上・一六）とあって、二人の年齢差は少なくとも三十以上であると考えられ、当時の年齢感覚からして、太政大臣は後期高齢者もしくはそれ以上の段階（死亡予備軍）に属する年齢であって、傍線部㋺によれば、太政大臣は酒に早く酔う癖があるためにこの場を退席する旨を語っており、結果的には北の方の〈性〉が大将に提供されたことになる。太政大臣が酔いを理由にその場から退席したために、大将を恋慕している北の方にとっては邪魔者がいなくなったのである。情事の比喩である「女」という語が「男」よりも前に北の方に用いられ、㋑に表象されているごとく、北の方は大将に積極的で、「酔ひ少し進みぬるまめ人」である大将も〈性〉への欲望を抑制できなかったのか、大将と北の方との間で〈性戯〉が繰り広げられる。それゆえに「姫君（小姫君）の御新枕にはあらで、あやしの乱りがはしさや。あさはかにとりあへざりける御契りかな」（以上、1・二二。以上、上・一七）と草子地の形で揶揄的に語られているのだ。その後、大将と太政大臣との手紙のやりとりは次のように

語られている。それは、

⑩大臣にも嬉しかりし御もてなしのやう、行く末の御後見おろかなるまじきよしなど（大将ガ）聞こえ給へる（大臣ノ）御返り、そぞろに喜びきこえ給へるもをかし。（1・二二。上・一九）

とあり、傍線部㋩では太政大臣が早く寝てしまったために、北の方と大将との間で〈性戯〉が繰り広げられたことが皮肉を混じえて語られており、㋥では前述の引用文⑦への返答として小姫君への誠実な世話を約束するという旨が語られていることに対して、㋭で太政大臣の過剰なほどの礼が述べられていることに、「をかし」と語られている。これは大将の心中とも草子地とも受け取れるが、いずれにせよ、北の方のことに関して何も知らない間抜けな太政大臣が笑いの対象として語られていることになろう。

このように巻一の起筆後間もなく話筋が〈性〉に照射されているのであり、本作品の今後の行方が予想されるような展開がなされているといえよう。

三

大将は太政大臣から世話を依頼された小姫君、正妻一品宮、一品宮死後に父親から提供された故帥宮の姫君の三人の女性たちを遺児若君に譲渡、もしくは彼女たちの〈性〉を提供するわけだが、故式部卿宮の姫君だけは例外であり、大将は遺児若君に彼女との恋の経緯に関して語りはするものの、譲渡しようとはしないのだ。もちろん、この姫君が大将と出逢って短期間で行方不明になってしまったという特殊事情もあるが、今までの女性たちは大将に与えられたり、女性たちの方から大将に恋慕したのとは異なり、大将の方から先に恋慕した例外的な女性であって、他者に譲渡するつもりは皆無で、大将は姫君の〈性〉を独占したかったからだと考えられる。(9) そのことは前述したごとく、帝の中宮に対する場合と類似していよう。

ところで、大将は承香殿女御の里邸を訪れた際、「例は人住むとも見えぬ西の対（注—院が女御の異母妹である姫君を恋慕したので、女御が不快感を催して姫君を隔離している住まい。なお本文では、大将から姫君の素性を尋ねられた女房が「『去年のこの頃より、煩はしきこと出で来はべりて、（姫君ハ）かく離れたる方になんおはします』」（〈2・七〇。下・七一〉と答えている）の方に、箏の琴をわざとならず弾きすさむ音、なべてならず聞こ」（2・六五。下・六六）えたので、興味を示し、垣間見したところ、恋慕してしまい、情交に至る。その直後、大将が姫君を迎える隠れ家の準備が整ったので、訪ねてみると、姫君は既に行方不明になっていた。大将を恋慕し、密通関係にある承香殿女御が二人の関係を知って、姫君に立腹し、追放したのだ。とすれば、大将の垣間見→姫君への恋慕と情交→姫君の行方不明という話筋は何を物語っているのだろうか。大将の方から姫君を恋慕するという展開は「まことの恋の道」（2・七八。下・八〇）であり、このことは光源氏が紫上を発見した状況を下敷きにしているのではなかろうか。若紫巻で光源氏は瘧病の治療のために北山の聖を尋ね、そこで恋慕している藤壺に類似する紫上を垣間見た結果、その虜となって、求婚するが、紫上が幼少だという理由で断わられ、母亡き紫上を養育していた祖母尼君の死後、紫上が父兵部卿宮邸に引き取られる寸前に、光源氏は自邸に盗み出すのである。以上のごとく、この故式部卿宮の姫君に関する件は若紫巻の話筋を下敷きにしたものと考えられる。

ちなみに、故式部卿宮の姫君と兵部卿宮の娘である紫上は、宮家の姫君であるという類似性を持っており、特に姫君は大将の方から接近した唯一の女性であって、それは光源氏最愛の伴侶となった紫上に該当するのではなかろうか[10]。

一方、幼少の大将が叔母中宮に釘付けになったことと、光源氏が亡き母親桐壺更衣と類似している藤壺を恋慕し続けたことには共通性があり、藤壺の入内時の地位は不明だが、紅葉賀巻で「中宮」[11]となっており、結果的には二人とも「中宮」の地位に就いたことになる。以上の点から、中宮と藤壺の二人の女性たちの共通性は、いわば人妻であり、「中宮」という后位に就いているということである。前述したごとく、故式部卿宮の姫君と紫上との相似性はもちろんのこと、中宮と藤壺との間にも相似性の関係が考えられるのではなかろうか。『源氏物語』において光源氏が恋慕したのは主要な女性登場人物の中で藤壺と紫上であり、それはいわば〈ゆかり〉の系譜に位置する女性たちであるが、『風に紅葉』ではそのような系譜は関係なく、大将の方から恋慕した女性たち（中宮と故式部卿宮の姫君）の造型には、根底で藤壺と紫上とが下敷きにされているのではないのか。ただし、藤壺は光源氏と密通する関係になったが、大将と中宮との間では大将の恋慕だけに終始したという差異があり、その点からすれば単なる下敷きではなく、大将にとって中宮とはいわば永遠の処女なる存在であった点に留意する必要があろう。

おわりに

今まで述べてきたように、『風に紅葉』においては『とはずがたり』と同様、〈性〉が充満しているのであるが、それを密通という視点からだけではなく、〈性〉の贈与もしくは〈性〉の提供という視点からも考えていく必要があるのではなかろうか。その場合、物語に多く見られるごとく、女房による密通の仲介ではなく、太政大臣が北の方を間接的に大将に、大将が一品宮を直接的に遺児若君に、彼女たちの〈性〉を提供するという点において[12]、太政大臣と大将が関わって自分の正妻の〈性〉を公然と甥という近親者に提供するという特異な状況が語られている。さらにその特異性は、大将と〈性戯〉の関係にある北の方が、大将を恋慕する継子の梅壺女御に、大将と〈性戯〉の関係になるように斡旋する件にも顕在化しており、その場合、大将をめぐって承香殿女御が異母妹に嫉妬して追放したのとは異なり、北の方には梅壺女御に対する嫉妬は微塵も語られていないのだ[13]。このように従来とは異なった〈性〉のあり方が語られようとしたのが、『風に紅葉』における新機軸であったのではなかろうか。それゆえに、『風に紅葉』を簡潔に理解できるように、題名に〈性の博物館〉と名付けた次第である。

注

(1)光源氏が夕霧を紫上に近付けないようにしたことと同様な考えを持つ帝とは対照的に、元服前の光源氏を桐壺帝が藤壺のもとに連れて行ったことが語られている。大将の行動は特に異常なものだとはいえまいが、巻二で大将が正妻一品宮の〈性〉を遺児若君に贈与したことに関して、既に巻一で「終の果ていかがあらん。例のささしかるらん。この草子のと」(1・四三。上・四〇)と将来のことが草子地の形で予見されている。

(2)〈女すすみ〉に関しては、拙著『物語文学集攷―平安後期から中世へ―』第二部の[二十一](新典社二〇一三・2)を参照されたい。

(3)〈報復〉に関しては、かつて神田龍身「『かぜに紅葉』考―少年愛の陥穽―」(『源氏物語とその前後』に所収　桜楓社一九八六・5)が遺児若君の登場の意味と関連させて、次のように述べている。かなり長くなるが、要点のみを引用すると、

(私云、大将ノ)最大の愚行は、妻一品の宮の寝所にこの少年(その時は既に成人していた

が）を手引きしたということであろうか。聖の不吉な予言もあり仏道修行中の身であった彼は、妻の空閨を慰めてやるために二人の結びつきをはかったということなのであるが、なんとしても不可解な行為と評し《（マヽ）》ざるを得ないのである。しかもこのことにより、最愛の妻一品の宮の愛をも失なってしまうのである。かくして一品の宮は少年の子をも孕み、その出産の痛手のために夫を恨みながら亡くなってしまうのであった。……彼は出家を決意するやいなや、家のみならず自らの司・位をも放棄するのであるが、その際こともあろうにかかる社会的栄誉の大半をこの少年に託してしまうのである。というよりも、そこにいたるまでの原因総てが少年にあると考えられる以上、妻一品の宮をも含めて総てをこの少年が乗っ取ってしまったのであると表現した方がより正鵠を射ているのではないかとまで思われるのである。そして事実、彼は身ぐるみ剝がれた主人公に成り代わって俄然動きだすのである。そもそも太政大臣家の小姫君との婚儀にしても主人公の代わりにということであった訳であるが、物語終末、元来主人公にすすめられてあったはずの故師の宮の姫君とも、巧みに主人公に成り代わって逸速く契りを結んでしまうのであった。……（私云、遺児若君ハ）実はこの異腹の兄権中納言の隠し子であったからに外ならないからである。……この美少年による乗っ取りという事態を家レベルの問題へと翻訳し直すならば、暗い運命のもとに悲憤のうちに悶死した故大臣の娘とその子権中納言一派の、主人公一派に対する完璧な復讐を意味しているということになるからなのであった。

となる。神田は『風に紅葉』における遺児若君の登場を二重傍線部「主人公一派に対する完璧な復讐を意味している」と家の問題と連動させながら、「復讐」という視点による斬新な解釈を提示したことは大きな功績ではあるが、傍線部のように解せるかどうかは疑問である。というのは、大将が遺児若君を一品宮のもとに導き入れようとしたものの、最初、遺児若君はその申し出を拒んでいるのであって、遺児若君には一品宮の〈性〉を略奪しようとする意識はなかったものと判断されるからだ。したがって、遺児若君の登場を故権中納言家の復興の問題と短絡的に連動させるべきではないとかつて述べたことがある（注（2）拙著前掲書第二部の［六］）。これ以前に、神田論文に対する批判として、河野千穂「物語『風に紅葉』主題論」（「日本文芸学」三十二号　一九九五・12）がある。

（4）例えば『我身にたどる姫君』において、複数の女御の密通が語られており、特に後涼殿女御にあてた宮の中将の恋文を三条帝が眼にしたにもかかわらず、密通した女御が中宮になっている例からも、女御時代の密通はさほど大きな問題とはならなかったと考えられる。あるいは后と密通した男に対して、帝が強権を発動できないほど弱体化したのではないかとも推測される。だが『夢の通ひ路物語』では、岩田中将の兄である岩田大納言は今は亡き藤壺女御を恋慕して、恋文を大弐内侍に託したところ、内侍がその恋文を打橋に落としてしまったために、それを按察使大納言女の麗景殿女御が発見し、後宮世界における競争相手を陥し入れる目的で、父親に報告した結果、宿直の任に当たっていた岩田中将に嫌疑がかかり、播磨国に流罪となる。いわば岩田中将は濡れ衣を着せられたわけだが、岩田中将はそれに一言も弁解せずに、兄の代わりに流罪となったので、兄は良心の呵責に耐えられず、塗籠で自死を遂げたという点に着目すれば、そこに強い帝を想定する必要があろう。このように強い帝を押し出した作品も存在したのである。

（5）詳しくは本書第五章を参照されたい。つとに、市古貞次「「かぜに紅葉」について」（『中世小説とその周辺』に所収　東京大学出版会一九八一・11。初出、一九五九・8）は、『とはずがたり』において後深草院が寵愛した二条を他の男に契らせるように誘導する件と一脈通じるものがあると指摘している。なお、辛島正雄も「校注『風に紅葉』―巻二―」（「文学論輯」三十七号一九九二・3）において、一品宮と遺児若君との関係は、大将の監視・指導のもとで行なわれ、『とはずがたり』巻三における二条と「有明の月」（性助法親王）との関係が、後深草院の監督下で行なわれているのを想起させると述べている。

（6）詳細は本書第三章を参照されたい。

（7）巻一冒頭部で関白が宮中から女一宮を盗み出し、巻二巻末部では修学院に参籠中の故師宮の姫君が按察使大納言によって盗み出されたという点から、本作品は首尾照応していると考えることができよう。さらに北の方は、大将との〈性戯〉が開始される前には、継子にあたる按察使大納言（当時は左衛門督）と密通関係にあったが、大将の出現後は北の方を寝取られたために、大納言は悔しい思いをしたものの、我慢していた。一品宮の死後、故帥宮の姫君は最初大将に与えられようとしたものの、大将の拒絶にあい、遺児若君に譲渡されたが、大納言はその姫君を盗み出すことによって、かつて北の方を寝取られたことへの〈報復〉を果たしたと解釈できる。

（8）辛島正雄「校注『風に紅葉』―巻一―」（『文学論輯』三十六号　一九九〇・12）。

（9）一品宮が遺児若君の子を懐妊したために、「（大将ハ）今は宵の間のうたた寝の歩きだにし給はず、ただ起き臥し（一品宮ト）もろともに過ごし給ふ中にも、雪踏み分けし人（故式部卿宮の姫君）のあはればかりは、（大将ノ）御心の底に残りけり」（2・八八。下・八九）と語られている。行方不明になった姫君は傍線部のごとく、大将にとって恋慕の対象であり続けたという点で、姫君は大将の永遠の恋人であったことが強調されている。

（10）紫上を下敷きにした人物造型として遺児若君が考えられる。大将と遺児若君との初対面の折、遺児若君は「十一、二ばかりなる人の、白き衣に袴長やかに着て、髪の裾は扇を広げたらんやうにをかしげにて」（1・三九。上・三五）と語られており、それは若紫巻で光源氏が北山で初めて紫上を垣間見した際に、「十ばかりやあらむと見えて、白き衣、山吹などの萎えたる着て走り来たる女子、あまた見えつる子どもに似るべうもあらず、いみじく生ひ先見えてうつくしげなる容貌なり。髪は扇をひろげたるやうにゆらゆらとして、顔はいと赤くすりなして立てり」とあって、両者の傍線部から遺児若君の造型にも紫上の影響を受けていると考えられる。

(11)中宮と記す場合は大将の叔母である中宮を示し、「中宮」とした場合には后の位を示すものとして、両者を区別した。

(12)太政大臣の場合は、大将が一品宮の〈性〉を遺児若君に贈与したようには直接的ではないが、大将と北の方との情交が成立しやすい雰囲気を作り出している点から、結果的には太政大臣が間接的に二人の情交の〈場〉を提供したと考えられるのではなかろうか。

(13)「殿（注―太政大臣）の内のやう癖々しからず、あまりなるまで直面にて、（梅壺女御ハ）継母の上ともいつとなう一つにのみ戯れきこえ給ふほどに」（1・二三。上・二〇）とあるように、北の方と梅壺女御とは継母と継子の関係ではあるが、仲の良い関係を保っていると語られている。その点からすれば、『落窪物語』のように実娘と継娘が存在して、継母が継娘に〈いじめ〉をもたらすという従来の〈継子譚〉からはずれた〈反継子譚〉なる話型を考えていく必要があろう。

第二章　『風に紅葉』における男主人公大将を取り巻く人間たち

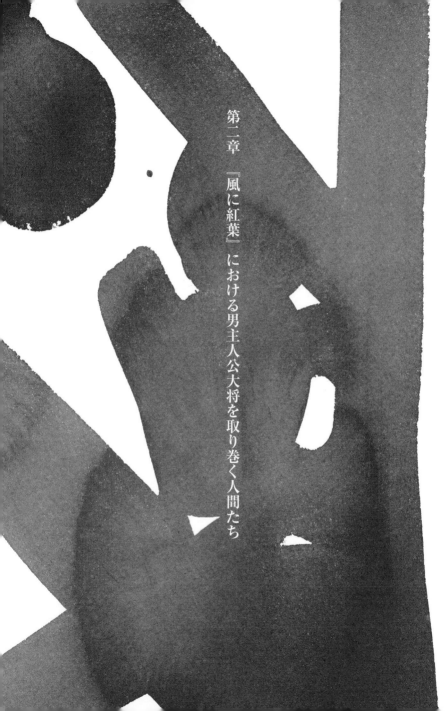

はじめに

冒頭において男主人公大将（後に内大臣となるが。以下、大将と称する）の父関白は、昔の大臣の娘と結婚した後、帝（後に朱雀院）と同腹の女一宮を盗み出したわけだが、その女一宮から生まれたのが大将であった。このように皇女の盗み出しから語り始められ、巻末は故帥宮の姫君が太政大臣（後に関白）の息子である左衛門督（後に按察使大納言）によって盗み出されたわけだから、女が盗み出されたという点で首尾照応しているといえよう。

さらに、左衛門督は継母である太政大臣の北の方と密通関係にあったわけだが、その継母が大将に対して夢中になった結果、左衛門督は、

（北の方ノ）忍ぶる片つ方（注―密通の相手）のやうも心得られ給ひて、その後はとにかくにつれなき（北の方ノ）御気色も恨めしけれど、たとしへなき人（大将）の御さまには、ことわりに言ふかひあらじ、と静かにあらまほしき本性にて、思ひ忍び給ひけり。（1・二三。上・一九）

と語られている。それは大将が積極的に北の方を恋慕したわけではないが、左衛門督にとっては密通の相手である継母が盗まれてしまったのだと解釈できよう。

ところで、巻末では故帥宮の姫君が左衛門督に盗み出されたわけだが、その姫君は大将の正妻一品宮の死後、父親の関白から「『今宵、女房のそばにおはしまさぬは忌むこと』」（2・九九。下・一〇一）という理由で、大将に差し出された娘であった。その姫君が左衛門督によって盗み出され、それ以前に左衛門督の密通相手であった北の方が大将と密通してしまったわけであるから、大将と左衛門督とに関わる女性が、各々相手側の男に領有されてしまったという点で、首尾照応している。とすれば、冒頭と巻末、並びに前半部と巻末とは二重の意味において首尾照応しているといえよう。

このように『風に紅葉』は女の盗み出しという点においてかなり緻密に構成されていると考えられるわけだが、大将を取り巻く女性たち並びに異母兄権中納言の遺児若君（後に中納言兼右大将）が、どのように語られているのかを中心に述べていくことにする。

一　大将をめぐる女性たち

大将は十三歳で元服した翌年、帝の娘である一品宮と結婚し、一年後に姫君を儲けるという順調な生活を始めるわけだが、その後、太政大臣の北の方及び継娘の梅壺女御、故式部卿宮の娘の承香殿女御、帝の妹の前斎宮との関わりが語られていく。それらの女性たちは、一品宮が大将より「一年が御兄なり」（1・一三。上・一〇）と語られているのをはじめとして、すべて大将よりも年上だという点に特色がある。

ところで帝は、

①上は隈なうおはしまして、采女が際までも、容貌をかしきをば御覧じ過ぐさず。御方々もあまた候ひ給ふを、いづれも御情ありてもてなさせ給ひて、その上に后宮の御心ざしは類なければこそ、ものの映えにてもめでたきを、……（1・一四。上・一二）

②上はげに御色好みにて、この女御たちをもほどにつけてはすさめずもてなさせ給ふ。（1・三三。上・三〇）

③隈なき上は（太政大臣ノ北の方ヲ）御覧じて、限りなう御心移させ給へりけるよし、……（2・五七。下・五七）

などとあるように、随所でその好色性が語られているわけだが、一方大将は、

④（一品宮ガ）気高うなまめかしうたをたをとうつくしう、飽かぬことなくおはしませば、御心ざしも世の常ならず。（1・一三。上・一〇）

⑤かくすぐれぬる人（大将）は、必ず心尽くしをもととしてこそ、艶にあはれに面白うもあるを、さこそあれ、（大将ノ場合ニハ）さやうの乱れも御心の底よりなし。（1・一五。上・一一—一二）

⑥（大将ハ）夜をも隔て側めたる御こと（注―他の女性のもとに忍んで通うこと）のまじらぬぞ、
あらまほしう、念なきとも言ひつべき。（1・一五。上・一二）

とあるごとく、一品宮一辺倒であると語られ、また、北の方と初めて逢った折、「女（北の方）の御気色近くてはいとど愛敬づき、をかしげにおはするに、酔ひ少し進みぬるまめ人の御心も、いかがありけん」（1・二一。上・一七）とあるように、大将は「まめ人」と評されてもいる。だが、この直後から北の方をはじめとして女性たちの方から大将に接近し、それらの女性たちとの関係が語られている一方、異母兄権中納言の遺児である若君との会話の中で、女房たちの噂として、

⑦「『院の上（前の帝）こそなほ面白うおはしませ。君（大将）は、なほ隈々しきことどもを、また振る舞はせ給ふなる』とぞ申しはべる」と聞こえ給へば、……（2・六三。下・六二）

と大将が語っており、傍線部のごとく、大将の隠れた好色性が語られているのだ。

このように、帝と大将との女性たちに対する態度は基本的に積極性と消極性という点で対照的なわけだが、①の二重傍線部から理解されるように、帝の中宮に対する愛情は別格だと語られている点により、それは大将の一品宮に対する態度とも通底するのであって、両者は対照化されながらも同質的な人物として造型されている。

そこで、大将の北の方をはじめとする女性たちとの関わりを見ていくことにする。

北の方との出逢いは、大将が太政大臣邸に梅見の宴に誘われた折、

⑧「御賄ひを、宮仕ひ初めにも、それや」と、大臣の上（北の方）に聞こえ給へば、（北の方ハ大将ノ方ニ）居ざり寄りて、銚子取りて奉り給へば、大将居直りて、色許りて見ゆる女房を、「こちや、いかが、さることは」とのたまへど、（北の方ハ女房ヲ）なほ押さへて奉り給ふを、「さらば、また」とて受け給ふほどの御気色、（北の方ハ）ただ死ぬばかりぞおぼえ給ふ。……大臣は例の我しもとく酔ひ給ふ癖にて、「むげに無礼にはべり」とて入り給ひぬれば、……（1・二〇―二一。上・一七）

とあり、傍線部によって北の方の大将に対する態度は積極的であったと理解される。というのは、この直前に太政大臣が北の方との間にできた小姫君との結婚を大将に依頼した時、北の方は大将に対して「魂もやがて消え惑ふばかり、現し心もな」（1・二〇。上・一六）いような状態であったと語られているからだ。それに対して、大将の北の方に対する第一印象は「二六、七にやと見ゆるが、艶に優なるもてなし」（1・一九。上・一六）と語られているわけだが、大将と北の方との情交に関して、「（太政大臣ト北の方トノ間に生マレタ）姫君の御新枕にはあらで、あやしの乱りがはしさや」（1・二一。上・一七）と揶揄されており、大将も北の方との逢い引きに対して、「男（大将）も（コノヨウナ行キズリノ情事ヲ）まだ知らずをかしう思されて」「（北の方ニ対シテ）御心とまらずしもなく、ならはずをかしうおぼえ給へど」（以上、1・二一。以上、上・一八）

をはじめとして、

⑨なほかの梅の立ち枝（注―北の方のこと）には御心ひきて、思ひ寄らぬ昼間のほどなども紛れ給ふ。（1・三二。上・二九）

とあるように、大将も北の方に魅せられて、後には昼間に訪問したと語られている。

その北の方の継子である梅壺女御は、

⑩まみおしのべ、中盛りにて、唐絵に描きたる女の団扇持ちたるにぞ似給へるもてなし、気配は、疎れ返り若びて見え給ふぞ、見る目には違ひて受けられぬ。（1・二四。上・二一）

とあり、同じく姉の春宮（後に帝）の麗景殿女御も、

⑪傍らに、箏の琴、その色となきまでかき重ね、わららかに弾きなして、いとふくらかに鼻ひき入りたる心地して、山吹の匂ひに桜の小袿着給へるは、……今ぞ盛りと心地よげなるもむつかしく、我が同胞の女御（注―春宮に入内した妹の宣耀殿女御）と御覧じ比ぶらん。（1・二四。上・二二）

とあって、傍線部のように、負的な様相が語られている。もちろん、麗景殿女御は大将との情交はないが、梅壺女御は「このほど（大将ガ太政大臣邸ニ）かく渡り給ふよし聞き給ふに、心も心ならず、急ぎ出で給ひてけり」（1・二三。上・二〇）とあるごとく、大将に早くから幻想を抱き、北の方が大将との逢い引きの手助けをしている。このように継母北の方と継子の梅壺女御

との関係は、北の方の実子の小姫君がいたのにもかかわらず、極めて良好であって、従来の〈継子譚〉の枠組みからは逸脱したものであると理解できよう。例えば、平安時代に成立した『落窪物語』や『(古)住吉物語』では末婚の継娘と実娘がいて、継娘の方が美形であったり、種々の点で優っていたために、継母によって継娘が虐待されるのが通常の様相であったわけだが、『風に紅葉』においては継娘は既に結婚しており、実娘だけが未婚だという特殊な状況が設定されていたために、〈継子いじめ〉という話型が機能しなかったのだとも考えられよう。したがって、継母と継娘との良好な関係は、[1]『落窪物語』や『(古)住吉物語』のごとき従来の〈継子いじめ〉に対する反措定《アンチテーゼ》として新鮮さが浮き彫りにされているともいえよう。だが、この作品は〈継子いじめ〉(『白露』)をはじめ、〈実子いじめ〉(『木幡の時雨』)、〈嫁いじめ〉(『しのびね』)と同様に、〈いじめ〉が語られている。それは大将を恋慕している故式部卿宮女である承香殿女御が、異母妹の姫君と大将との関係を知って、姫君に対して追放というういわば〈妹いじめ〉と名付けられるような新たな〈いじめ〉を行ったのである。このようになぜ中世王朝物語の諸作品で多様な〈いじめ〉が語られるようになったかについては後日を期したい。ただ大雑把な見取り図を示しておくと、〈いじめ〉は場合によっては〈報復〉を伴いがちであり、それが〈争い〉に発展する事例となる可能性が高く、時には戦乱を引き起こす原因ともなり得るのであって、やがてそれが群雄割拠の戦国時代へと脈絡していく点を注視すれば、その前哨として多様化された〈いじめ〉の諸事例が語られることになるのではなかろうか。

さらに、承香殿女御は以前から大将に「さばかり、いかなる風のつてもがな、と思しわた」(1・二九。上・二六)っており、大将も女御の筆跡の素晴らしさに魅せられて、里下り中の女御に逢いはしたものの、実際は、

⑫言ひ知らず艶なる御気色は、をかしう見きこえ給へど、逢瀬待たれぬ水茎の跡[2]、人の御ほどの、推し量られしほどの近まさりにはおぼえ給はず。(1・三二。上・二九)

とあり、大将を魅惑するほどの女性ではなかったのだ。だからこそ、「暁まではつつましきさまにもてなして、例の宵過ぐるほどにぞ出で給ひぬる」(1・三二。上・二九)とあって、傍線部に表象されているように、大将を長居させるほどの魅力はなかったのだといえよう。いずれにせよ、帝の二人の女御たちが大将と隠れた関係を持っている点に注目される。すなわち、大将の叔母である中宮以外の后(女御)たちは、彼女たちの方から大将に接近したいという欲望を抱き、大将と隠れた関係を持ったのだ。このように、帝の后との隠れた関係(『源氏物語』の藤壺)や、帝の配下にある大納言典侍が盗まれた例(『浅茅が露』)は『風に紅葉』以前にもあるが、同じ帝が領有する二人の后(女御)たちが一人の臣下と隠れた関係を持った例はなく、そのような意味において、帝の弱体化が暗示されているとともに、そこに新企画が打ち出されたのではなかろうか。

また、帝の妹の前斎宮も出家後に大将を恋慕するわけだが、その容貌は、

⑬手当たりもあまりやせやせにさらぼひたる心地して、かへすがへす尊くてぞおはすべき。

（2・六一。下・六一）

とあり、前斎宮の負的容貌が語られている。

一方、一品宮の素晴らしさは「かつ見る人の御さまにまさるはなく、契り深くあはれにのみ思ひきこえ給へれば」（1・三三。上・三〇）と語られていると同時に、一品宮の母である叔母の中宮は、

⑭（大将ガ）七、八ばかりにて、童殿上して参り給へりける折、（中宮ヲ）つくづくと目離れなくまもりきこえ給へりけるを、上の御覧じて、「心のつかんままに、誰がためもよしなし」とて、御入り立ちは放たれ給ひけり。（1・三四。上・三二）

とあり、その後も「（前ノ帝ガ）皇太后宮の御あたり、例の雲居はるかにもてなさるるを」（2・五八。下・五八）とあるごとく、中宮が皇太后宮となっても、まだ大将の恋慕の対象となる可能性があったために、帝は将来における危険を察知して大将の出入りを禁止したと語られている。とすれば、中宮がいかに素晴らしい女性であったかが浮き彫りにされていることになろう。

以上の点から、大将に積極的に接近した北の方をはじめとして、梅壺女御と承香殿女御は帝の領有する女御たちであり、しかも大将より年上で、前述したごとく、二人の女御たちの容貌

などの負性が語られているところに、大将を取り巻く女性たちの特色があるといえよう。

二　故式部卿宮の姫君をめぐって

前述したように、前斎宮が大将を恋慕し、大将の視線からとらえられた前斎宮の負的状況が⑬で語られているわけだが、年上であることの他に、遺児若君が大将に「『御車より降り給へりし折、思ひあへず見たてまつりたりし、墨絵のやうにて、うつくしうもおはしまさざりし』」（2・六二。下・六二―六三）と語っている点からも、いわば負的容貌としてとらえられている。その後に、大将が承香殿女御の里邸を訪れた際に、「火をつくづくとながめて、いとものの思はしげなるまみのわたり、あはれに懐かしう、らうたげなること限りな」（2・六五―六六。下・六六）い姫君を発見する。その姫君とは、承香殿女御の異母妹で故式部卿宮の姫君であることが後で判明するわけだが、「見捨てて帰るべき心地もせぬぞ、我ながら思ひのほかなる」（2・六六。下・六七）と大将の心中が語られている。

さらに情交を結んだ後に、

⑮（姫君ガ）あはれにらうたきこと、よそに見つるに千里まさりて、限りなき（大将ノ）御心ざしなり。（2・六七。下・六七）

⑯さしも宵の間のうたた寝にてのみ出で給ふに、鐘の音うちしきるまで立ち出づべき御心地もせぬままに、……（2・六七。下・六八）

とあるように、大将の過去における女性たちとの逢い引きとは異なり、姫君に対する異様なまでの執着が語られている。今までの女性関係はいわば年上の女性たちであり、受身であったのに対して、大将は姫君のために隠れ家まで用意して、連れて行こうと考えている点に、従来とは異なった大将の意志的な行動が語られている。とすれば、一品宮との結婚後に初めて積極的な恋を体験したといえよう。というのは、北の方との情事を大将が一品宮に報告する件は、

⑰今宵のことも語りきこえ給ふに、うちあひしらはせ給ひたるなども、さるは言ふかひなからず、心恥づかしげにもおはします。（1・二二。上・一九）

とあり、そこには一品宮の動揺は語られてはいないが、姫君との逢い引き後は、大将の「珍しう二夜続きたりし御夜離れ」のために、一品宮が「色変はるけしきの森は身一つに秋ならねどもあきや来ぬらん」（以上、2・七三。以上、下・七四）という独詠歌を詠んでいる点からすると、一品宮自身が大将の従来とは異なったありようを感知したと語られているからだ。「色変はる」の歌には「秋」に「飽き」が掛けられ、それもその語が二度も用いられているところからも、大将の心変わりが強調されているわけだが、姫君のことを一品宮に語ったところ、

⑱かきむくる水とかやのやうにおはする人（一品宮）の、いかにぞや、とけがたく見え給ひ

しも、……（2・七四。下・七五）

とあるように、「かきむくる水」とは「ひたすら内大臣に従って来た[3]」の意味であろうと考えられ、従来の一品宮の大将に対する時とは異なった対応をしている点が注意されよう。とすれば、大将自身の意志で姫君を心底から恋慕していることを一品宮が見抜いていたからではなかろうか。さらに、後にも一品宮に対して「ただ今ぞ、雪の中の人（姫君）の上も語りきこえ給ひける」（2・八〇。下・八二）と再度語っている点からも、大将の姫君に対する恋慕の強さがそこに表象されていよう。だからこそ、大将は姫君との恋に真剣であり、北の方の娘である小姫君のようには遺児若君に姫君を譲渡しなかったのだ。

ところで、大将を恋慕している異母姉の承香殿女御が大将と姫君との関係を聞き、姫君を女御の里邸の西の対から退去させようとしたので、姫君が里邸から東山へ去る折、「いづくにも、形見の御単衣をば身に添へ給」（2・七七。下・七八）うたと同様に、その後、姫君が三輪に移居し行方不明になった際に、大将の心中思惟として「これやまことの恋の道ならん」（2・七八。下・八〇）と語られている点からも、二人の恋は相思相愛のそれであったといえよう。

では、なぜ大将がこれほどまでに姫君を恋慕したのだろうか。それは大将が今まで関わってきた女性たちがすべて年上であったのに対して、姫君が年下の美しい女性であったという点であり、さらに、「『三瀬川は、言ふかひなき身にたぐひ給ふべかりけるこそ』」（2・七〇。下・七一）

という大将の発言に表象されるように、姫君にとって初めての男性が大将であったのであり、一品宮以外に大将が関わった女性たちはすべて人妻だったという点から、姫君に魅せられていた院がまだ手を出さず、姫君が処女であったという点にも大将は心ひかれたのではないのか。

また、姫君の語られ方を〈面影〉という語から調査すると、

⑲（梅壺女御ノ）御面影も（大将ニトッテ）あながちならず、……（1・二五。上・二二）

⑳「（中宮ガ）いかなりし御面影とだにおぼえきこえぬこと。……」（1・三四。上・三一）

㉑あはれなりつる人（姫君）の面影、気配、（大将ニトッテ）身を離れぬ心地して心苦し。（2・六八。下・六八）

㉒「これや形見の」と言ひし（姫君ノ）面影、気配を、または見るまじきとやは思ひし、と（大将ハ）やらん方なし。（2・七二。下・七四）

㉓うち静まれば、二夜の夢の（大将ノ）御面影、気配のみ（姫君ノ）身に添ひて、この世にはいかでかは見たてまつらん、と心細きに、ただありし御単衣の匂ひの、いまだ変はらぬにつけても、言ひ知らぬ御心地なり。

㉔都はいとど雲居はるかに、（大将ノ）御面影も一際隔たり果てぬるぞかし、と（姫君ニトッテ）心の置かん方なし。（以上、2・七八。以上、下・七九）

㉕ありし夜の雪ふる里は埋もれて住みこし人（姫君）の面影ぞなき（大将の独詠歌。2・七九。

下・八〇）

㉖（大将ハ）絵を描き給ふこと人にすぐれたれば、せめての恋しさに昔の（一品宮ノ）御面影を写しつつ、とかく描きて慰み給ふに、……（2・九六。下・九八）

㉗ここは、また二所（注—一品宮と大将）住み給ひし所なれば、（一品宮ノ）御面影もいとど先立つ心地して、つくづくと（大将ハ）泣きゐ給へるに、……（2・一〇一。下・一〇二—一〇三）

㉘去年迷はかして雪の内の（姫君ノ）面影も（大将ハ）思し出でらる。（2・一一一。下・一一二）

以上のように、『風に紅葉』においては一〇例の〈面影〉が用いられているわけだが、㉑から㉓までの用いられ方に注意しておく必要があろう。すなわち、㉑㉒は大将の視点から姫君が、㉓は姫君の視点から大将がとらえられているが、それらは〈面影・気配〉と語られている。この〈面影・気配〉が二人だけの間で用いられているという点が重要なのだ。それだけ大将と姫君とが特別視されているということになろう。

ところで、最後の㉘は姫君に対して従来の〈面影・気配〉ではなく〈面影〉が用いられているわけだが、その直後に「（姫君ノコトガ）常に夢に見ゆるが、それも今は世になき人のさまなるは、いかなるにか」（2・一一一。下・一一二）と語られていることと連動し、それは行方不明となった姫君に対する恋の終焉を意味しているのではなかろうか。というのは、ここでは二人だけに用いられた〈面影・気配〉ではなく、他の人物たちにも用いられた〈面影〉であり、また、それが姫君に関わる〈面影〉の最終例であるからだ。とすれば、物語はやがて終わりに近づかざるをえないことを意味している。(4)

以上述べてきたように、大将にとって一品宮への愛情を二分させるほど姫君の存在は大きかったのであるが、一品宮が男君（実父は遺児若君）を出産後急逝し、姫君も行方不明のままで依然として消息がつかめない状況である点から、大将が魅了された二人の女性の〈喪失〉を味わった以上、今後の物語の進展は期待できそうにもなく、また亡き一品宮の代替として差し出された故師宮の姫君も、大将にとって「世の常の心ならば、などかさても見ざらん」（2・一〇〇。下・一〇二）と語られているように、気に入らなかったわけではないものの、大将が故師宮の姫君との情事を拒んだ後、左衛門督に盗み出されてしまう。それは大将にとって〈喪失〉を意味するわけだが、結局、大将の人生史とは一品宮や承香殿女御の異母妹である姫君という気に入った女性たちを〈喪失〉する歴史でもあったのだ。

さらに唐帰りの聖が、

㉙「今、四、五年のほどに、君の限りなき御慎みに見え給ふ、そのほどに参りはべらん。いづくの浦にても御祈りは怠るまじくなん」（1・四四。上・四〇―四一）

㉚「明けん年、君の限りなき御慎みなり。心ばかりは祈誓し申しはべればにや、助からせ給ふべきよしの夢想は侍りしかど、大きなる御嘆きなどや侍らん。なほも御心許しはべるま

じくなん」（2・六三。下・六四）

と語っており、傍線部のごとく、大将に謹慎生活を送るように警告している。そのため中務宮旧邸で大将は勤行した結果、大将自身の生命は保たれるものの、一品宮と故式部卿宮の姫君とを〈喪失〉してしまうのだ。(5)このような意味において、『風に紅葉』という作品は、大将の恋慕し、関係した女性たち（一品宮と故式部卿宮の姫君）の〈喪失〉を語ったものであったのだといえよう。

三　遺児若君をめぐって

大将の異母兄権中納言の遺児として登場した若君は、大将にとって甥になるわけだが、出会った瞬間から、

㉛（大将ハ）稚児をば見過ぐしがたう思したる御心地に「苦しきに、いざ休まん」とて、かき抱きて臥し給へば、疎く恐ろしげにも思はず、うち笑みてかいつきて寝給へり。……身なりなど磨けるやうなる手触り、女のさまよりもをかしげなり。（1・四〇―四一。上・三七）

と語られ、三個所の傍線部に表象されているように、男色関係が想定され、さらに、

㉜異事なく戯れおはするに、……（1・四一。上・三八）

㉝男君（遺児若君）は、なほ内大臣（もとの大将）の御そばを夜も離れがたうまとはしきこえ給へど、……（2・五六。下・五七）

㉞例のもろともに隙間なう大殿籠りて、……（2・六八。下・六九）

㉟例の隔てなく臥し給ひつつ、……（2・七二。下・七三）

などと語られている。

と同時に、「三位中将（遺児若君）は御身（注―大将）に添ふ影なれば」（2・八三。下・八五）、「『（大将ト）身を分けたる者にてはべり』」、「『今は（大将ノ）御代はりにてはべれば』」（遺児若君の故帥宮の姫君に対する詞。以上、2・一〇八。下・一〇九、一一〇）などとあるごとく、遺児若宮は大将の分身としても語られている[6]。

ところで、神田龍身[7]はこの遺児若君の登場の意味について、次のように述べている。かなり長くなるが、要点のみを引用すると、

> （私云―大将ノ）最大の愚行は、妻一品の宮の寝所にこの少年（その時は既に成人していたが）を手引きしたということであろうか。聖の不吉な予言もあり仏道修行中の身であった彼は、妻の空閨を慰めてやるために二人の結びつきをはかったということなのであるが、なんとしても不可解な行為と評しざ（マヽ）るを得ないのである。しかもこのことにより、最愛の一品の宮の愛をも失なってしまうのである。かくして一品の宮は少年の子をも孕み、その出産の

痛手のために夫を恨みながら亡くなってしまうのであった。……彼は出家を決意するやいなや、家のみならず自らの司・位をも放棄するのであるが、その際こともあろうにかかる社会的栄誉の大半をこの少年に託してしまうのである。というよりも、そこにいたるまでの原因総てが少年にあると考えられる以上、妻一品の宮をも含めて総てをこの少年が乗っ取ってしまったのであると表現した方がより正鵠を射ているのではないかとまで思われるのである。そして事実、彼は身ぐるみ剝がれた主人公に成り代わって俄然動きだすのである。そもそも太政大臣家の小姫君との婚儀にしても主人公の代わりにということであった訳であるが、物語終末、元来主人公にすすめられてあったはずの故帥の宮の姫君とも、巧みに主人公に成り代わって逸速く契りを結んでしまうのであった。……（私云、遺児若君ハ）実はこの異腹の兄権中納言の隠し子であったからに外ならないからである。……この美少年による乗っ取りという事態を家レベルの問題へと翻訳し直すならば、暗い運命のもとに悲憤のうちに悶死した故大臣の娘とその子権中納言一派の、主人公一派に対する完璧な復讐を意味しているということになるからなのであった。

となる。遺児若君の登場を二重傍線部「主人公一派に対する完璧な復讐を意味している」と家の問題と連動させながら、新たな視点による解釈を提示した点は評価できるが、傍線部のように解せるかどうかは疑問である。(8) というのは、後に大将が遺児若宮を一品宮の所に導き入れる

件は、

㊱「何か苦しからん。童にてのままにあの御そばに寝給へ」とのたまはすれど、「けしからず」と聞き入れ給はぬを、まめやかにまことしう様々のたまひつつ、とかく導き給ふに、……（2・八四。下・八六）

とあるように、あくまでも大将が主導権を握っているのであって、むしろ遺児若君は大将の申し出を拒んでいるところからすれば、遺児若君に乗っ取りの意識はなかったと判断されるからだ。とすれば、遺児若君の登場は故権中納言家の復興の問題と短絡的に連動させるべきではなかろう。

では、若君の登場の意味、それも女装という異装での登場をどのように解すべきなのであろうか。例えば『とりかへばや』において、男君は女装、女君は男装させられるわけだが、幼少の時から男君は恥ずかしがり屋で、他人に姿を見せることもなく、室内にいることを好んで、「絵かき、雛遊び、貝覆ひなどしたまふ」のとは対照的に、女君は外遊びを好み、「鞠、小弓などをのみもて遊びたま」い、人がやって来ると、「走り出でたま」うという状況から、父親は仕方なく表面的に性の交換をしたのである。さらに『有明の別れ』においては、主人公女大将は男子のいない左大臣夫妻に神の啓示によって、女性として生まれ、男装の姿で生きていくように仕向けられたのである。そのために事前に妹として「幻の姫君」を設定しておき、帝によって女大将の実体が見破られ、入内を要請されたので、父親は女大将が死んだことにして、入内させる。女大将は異装時に「かくれみの」の術を用いて懐妊中の対の上を連れて来たのは、左大臣家の嫡子を獲得するために必要であったのであって、それは「家を維持するためのもの」[9]と考えられよう。このように両作品においては異装せざるをえなかった理由が明確に語られている。それに対して、遺児若君は最初、

㊲限りなううつくしげなる女のささやかなるぞ居たる。いと覚えなくて、近く寄りて見給へば、十一、二ばかりなる人の、白き衣に袴長やかに着て、髪の裾は扇を広げたらんやうにをかしげにて、容貌もここはとおぼゆる所なく、一つづつうつくしなどもなのめならず。

（1・三九。上・三五）

と大将の視線から美少女としてとらえられていたわけだが、遺児若君は権中納言に仕えていた女房から生まれ、その女房は住吉神社の総官の姉で、遺児若君を出産する前に、父である権中納言が亡くなり、間もなく女房も亡くなったために、総官の母親が遺児若君の世話をしていたものの、それも亡くなったので、「『ことのさまもと思ひ給へて、ただ女房の御さまにてなんあらせたてまつる』」（1・三九。上・三六）と総官が大将に語る。だが、そこでは遺児若君が女装させられた理由が明確には語られていないのだ。[10]それは異装の意味が、前述の二作品のごとく、主題に関わるような大きな機能を担っていないために明確に語られてはいないとも考えられよ

うが、大将の視線からとらえられた梅壺女御や承香殿女御は年増の醜悪な様相であり、憧憬する一品宮の母中宮は手の届かない存在であるということが語られた後に、大将を恋慕した醜悪な年増に対する〈逆転〉として年下の美少年を女装させて登場させ、帝から遠ざけられたために、憧憬の対象たる中宮の肩代わりを遺児若君に果たさせようとしたのではなかろうか。その結果、大将は遺児若君に満足し、遺児若君は大将の分身となるわけだが、美しい遺児若君との男色関係が成立した後、遺児若君との〈恋〉を〈逆転〉させて、前述したごとく、美しい故式部卿宮の姫君との正常な〈恋〉が語られたのではなかろうか。大将にとってその姫君との〈恋〉が大将主導の唯一の正常な〈恋〉であったのだ。

ところで、姫君を〈喪失〉した後、㊱で語られているごとく、やがて遺児若君を一品宮と関係させるわけだが、大将にとって恋慕の対象であった中宮の娘で、その分身的存在である一品宮と、大将の分身で、一品宮に対して「さらでだに下安からず燃えわたる」（2・八四。下・八六）遺児若君との情交、すなわち、いわば分身同士の情交を大将は考えたのではなかろうか。とすれば、このように分身同士を契らせるという語られ方は新たな方法ではなかったかと思量される。その結果、一品宮は懐妊する。大将のこのような変態的趣味は、『とはずがたり』で後深草院が分身である弟の法親王と院の愛人である二条とを院の管理のもとで関係させた点と同種だが、[11]「宮の御独り寝を、まめやかに心苦しう（大将ガ）思し」（2・八四。下・八六）て、分身である遺児若君を一品宮と関係させることにより、それ以前に故式部卿宮の姫君を〈喪失〉した大将が、遺児若君との間の子を出産後、苦悩に満ちた状態で急逝した一品宮をも〈喪失〉するという二重の〈喪失〉を体験すべく語られようとしたのではなかろうか。その後、

㊳この君（遺児若君）のなからましかば、と頼もしうあはれに思ひかはし給へるたがひの御心ざし、月日に添へて、ことの折節ごとには色添ふべかむめり。（2・九六。下・九八）

と語られているように、大将と遺児若君との関係は一段と濃厚になっていく。とすれば、大将にとって憧憬の対象であった中宮の分身的な存在たる一品宮が〈喪失〉した以上、㊳のように、彼自身の分身である遺児若君との関係を強化し、分身との一体化を強調しようとしたのではなかろうか。そうすることによって、大将はかろうじて一品宮〈喪失〉の苦悩と悲哀とから脱出できたのではないのか。

また、一品宮と遺児若君との間にできた男君は一品宮の母の中宮が養子とし、左衛門督に盗み出された姫君がやがて出産するであろう子は実は遺児若君の胤であったのであり、遺児若君は二人の実子を所有できずに、二人は他者の子になるのであって、いわばそれは遺児若君にとって実子の〈喪失〉を意味しよう。

このように、大将と遺児若君において〈喪失〉した数は一致することになる。すなわち、大将は一品宮と故式部卿宮の姫君の二人を〈喪失〉し、遺児若君は一品宮所生の男君と故帥宮の

姫君出産予定の子を二人〈喪失〉することになるのだ。そのことは大将と遺児若君とが分身関係であることを一層強調することになるはずだ。

さて、大将は官職を辞して加行に邁進するわけだが、それは〈俗世間〉における終了を意味しているのであって、これ以降は遺児若君に女性を斡旋するというような行為は語られてはいない。とすれば、これは大将の〈俗世間〉におけるエネルギーの〈喪失〉を意味し、物語は枯渇する方向に進んで行かざるをえなかったのだ。

おわりに

『風に紅葉』という作品は、大将を取り巻く女性たちの〈喪失〉、すなわち、一品宮の死と故式部卿宮の姫君の行方不明を軸に、男主人公大将が官職を辞任するといういわば〈喪失〉の物語であった。

ところで、辛島正雄[12]は、『風に紅葉』が『いはでしのぶ』『恋路ゆかしき大将』の影響を受け、それらとの類似性を指摘しているわけだが、その他に〈喪失尽くし〉を主題とした『浅茅が露』[13]との影響関係をも考慮すべきだろう。

このように考えてくると、『風に紅葉』の冒頭の書き出しである「風に紅葉の散る時は、さらでもものがなしきならひと言ひ置けるを」（1・一一。上・八）の一文は、まさに紅葉が風によって散るのであるから、それは〈喪失〉の表象化であって、冒頭の書き出しの一文に『風に紅葉』の主題が内包されているといえよう。

注

（1）継母の〈いじめ〉が全く語られていない『海人の刈藻』と通底することになろう。

（2）「ぬ」では意味が通じないために、諸注釈書類では「し」と改訂している。続き具合からすれば、「し」とする方が良いと思われるが、後考を待つ。

（3）辛島正雄『校注『風に紅葉』―巻二―』（『文学論輯』三十七号　一九九二・3）。

（4）注（3）前掲論文で、「それも今は世になき人のさまなるは、いかなるにか」の頭注に、「物語は結末に向けて、内大臣（私云、もとの大将）の人間関係を清算しはじめた感がある」と指摘されている。

（5）関恒延（『風に紅葉』遊戯社　一九九九・1）は、大将を訪れる「大きなる嘆き」という聖の予言は、一品宮の死を意味しているのではないかと考えている。

（6）男色関係と分身に照射して論じたものとして、神田龍身『物語文学、その解体―『源氏物語』「宇治十帖」以降』（有精堂　一九九二・9）がある。

（7）神田龍身「『風に紅葉』考―少年愛の陥穽―」（『源氏物語とその前後』に所収　桜楓社　一九八六・5）。

（8）既に河野千穂（「物語『風に紅葉』主題論」「日本文芸学」三十二号　一九九五・12）も神田説に対して疑義を述べている。

（9）神田龍身「物語史への一視角―『（古）とりかへばや』『在明の別』と『今とりかへばや』―」（「文学・語学」一〇一号　一九八四・4）。

（10）辛島正雄（「校注『風に紅葉』―巻一―」「文学論輯」三十六号　一九九〇・12）は、「死んだ中納言に男子のあったことが知れると、関白家の後継者争いの火種になるかもしれない、などということを懸念したか」と頭注で指摘し、関（注（5）前掲書）は「生来の美貌を充分考えまして女装でお育ていたしました」と述べている。

（11）市古貞次「かぜに紅葉について」（『中世小説とその周辺』に所収　東京大学出版会　一九八一・11。初出、一九五九・5）は、『とはずがたり』において、後深草院が寵愛した女性（二条）を他の男に契らせるように仕向ける件は、『風に紅葉』で、男主人公が遺児若君に正妻一品宮と契るように誘導する件と一脈通じるものがあると指摘している。また辛島正雄も注（3）前掲論文頭注において、一品宮と遺児若君との関係は、大将の監視・指導のもとで行われ、『とはずがたり』巻三における二条と「有明の月」（性助法親王）との関係が、後深草院の監督下で行われているのを想起させると述べている。

(12)辛島正雄「『いはでしのぶ』の影響作—『恋路ゆかしき大将』と『風に紅葉』と」(『中世王朝物語史論』下巻に所収　笠間書院　二〇〇一・9)。

(13)詳しくは拙著『物語文学集攷—平安後期から中世へ—』第一部［六］の（1）(新典社　二〇一三・2）を参照されたい。

第三章　『風に紅葉』における〈精進落とし〉の記事をめぐっての断章

——『源氏物語』摂取の新たな技——

一

『風に紅葉』の男主人公大将（後に内大臣となるが、以下、大将と称する）は妹で春宮の宣耀殿女御（後に弘徽殿中宮）が懐妊のために衰弱した結果、祈禱を依頼する目的で唐から帰国した聖を難波まで迎えに行ったことが効を奏して、無事に二宮を出産した後、再度上京した聖が、来年は大将が大きな災危の年に当たるために、加行に励むように警告したところ、大将はそれに従うことにしたものの、一人寝をすることになった北の方一品宮を気遣い、自分の身代わりを一品宮のもとに差し向けるのである。すなわち、かつて聖を迎えに行った折に住吉に住んでいた大将の故異母兄の一人息子である若君（以下、遺児若君と称する）を都に連れ帰り、その遺児若君に大将の代わりとして一品宮の性の相手をするように取り計らうのである。最初、遺児若君は大将の申し出を拒絶したものの、心底では一品宮を恋慕していた遺児若君は一品宮を懐妊させることになり、一品宮は男君を出産した後、苦悩の末に急逝する。四十九日の法事終了後に、大将の父関白の差し金で故帥宮の姫君が大将に提供される件は次のように語られている。

①今宵はことさらこなたへ渡り給ふべく、殿（関白）のしひて聞こえ給へば、（大将ハ）渡り給へり。例のいろくづどもとり並べたる御物参り据ゑて、今宵はこれにどまらせ給ふべく

聞こえ給へば、参るよしに紛らはして、更くるまで候ひ給ひつつ、御方しつらはれたるに、うち休みにおはしたれば、上白き蘇芳の衣に、黄なる菊の小袿着たる人のいとうつくしげなるぞゐたる。覚えなう、所違へから、と思して立ち給へるに、殿の宣旨にて、大人しき人参りて、「『今宵、女房のそばにおはしまさぬは忌むこと』とて、もと時々も参りける人々を催させ給へども、一人として、『我参らん』と申す人も侍らぬほどに、このほど、中宮の御方に故帥宮の姫君とて候ひ給ふを、『何の心もおはしまさじ』とて、迎へきこえ給へる」と申せば、うちほほ笑み給ひて、「ゆゆしき不祥にあひ給へる人にこそ。なきことをだにあるべかしくとりなす世の中に、急ぎ帰し渡したてまつれ。何とこれはもて扱はせ給ふやらん。いづくの岩の狭間にも行き巡りてあらんを。ゆゆしきことと思せかし」とて、うち泣かせ給ひぬるに、……（1・九九―一〇〇。下・一〇一―一〇二）

これによれば、大将は提供された故帥宮の姫君を拒否したことになる。その理由は、大将からすれば父親によって自分の〈性が管理されること〉、すなわち、〈性の被管理者〉[1]という立場を忌避したからだと考えられるが、そのこととは別に、一品宮の法事が終了した後にこの記事が配置されている点から、傍線部のごとく、父関白は息子の大将に〈精進落とし〉[2]の意味をこめて女性を与えようとしたのではなかろうか。

その故帥宮の姫君に関しては、大将は遺児若君に「『いかにも思ふ心ありげに、優に悪しからざりつるぞ。言ひ寄り給へよ』」（2・一〇二。下・一〇四）とけしかけ、贈与しようとしたために、遺児若君は大将の〈分身〉であることを強調して、関係を結ぶわけだが、遺児若君の子を身ごもっていた姫君は、下巻巻末において、太政大臣の息子の按察使大納言（もとの左衛門督）に盗み出されたので、大将の説得により遺児若君は姫君を諦念することになる。この按察使大納言による姫君盗み出し事件は、かつて大将が太政大臣から梅見の宴に誘われた折、〈女すすみ〉である北の方が大将に恋慕し、[3]二人の間に密通が成立したことと関連する。当時左衛門督であった按察使大納言と継母に当たる北の方とは無関係の間柄ではないという噂があり、北の方が大将との密通後、按察使大納言に冷淡になったことを恨めしく思い、北の方の継子に当たる梅壺女御や麗景殿女御、実子の小姫君が一堂に会している状況の中で、「左衛門督、簀子に候ふ。うち嘆きたる気色にて、笛は吹きやみて、『竹河の橋の詰なる』と唱ひすさみて、『思ひやみぬる』など独りごちて出でぬるに」（1・二四―二五。上・二二）とあるように、按察使大納言は北の方の離反を嘆いている点からも、この盗み出し事件は大将側への一種の報復措置であったともいえよう。ちなみに、この「竹河の橋の詰なる」は催馬楽（呂歌・竹河）に、

竹河の　橋の詰なるや　橋の詰なるや
花園にはれ　花園に　我をば放てや　我をば放てや

とある。これに関して「北の方を大将に奪われた左衛門督の、多分に自虐的な気分が看守され

る」[4]と解釈され、さらに「思ひやみぬる」は、

○　女に年をへて心ざしあるよしをのたうびわたりけり。女、「なほ今年をだに待ち暮らせ」とたのめけるを、その年も暮れて、あくる春までいとつれなく侍りければ

このめはる春の山田を打ち返し思ひ止みにし人ぞ恋しき（後撰集・巻九・恋一・五四四・よみ人知らず）

○　題知らず

梓弓春のあら田をうち返し思ひやみにし人ぞ恋しき（拾遺集・巻十三・恋三・八一二・よみ人知らず）

に依拠している。

②ところで『風に紅葉』の巻一冒頭部は、

（男主人公大将ノ父親ハ）関白左大臣にて、盛りの花などのやうなる人おはす。北の方は古き大臣の御女、初元結の御契り浅からで住みわたり給ひし御腹に、いつしか若君出で来給ひて、世になうかしづかれ給ひしほどに、八年ばかりやありけん、今の帝の一つ后腹、女一宮とて、九重の内に雲居深くいつかれ給ひし姫宮を、いかにたばかり給ひけるにか、盗みきこえ給ひて、世の騒ぎなりしかど、あらはれ出でてもいかがはせんに、御許しありしかば、御心ざし際もなくもていたつききこえ給ふめる御腹に、若君、妹君、また出で来給へる。いつかしさ、げにこの世のものならず、光を放つと言ふばかりものし給ふを、朝夕

この御かしづきよりほかのことなし。（1・一一―一二。上・八―九）

と語り出されているが、それによると、父親は最初大臣女と結婚し、若君（権中納言）を儲けたものの、やがて女一宮を略奪した結果、大将と妹の宣耀殿女御が誕生したのである。その点について、関白左大臣による女一宮略奪のくだりは、『いはでしのぶ』巻一巻頭に見える右大臣（左大将の養父関白の弟）による女一宮略奪事件の設定・措辞を襲っている。また、ここでの人物設定全体としては、『恋路ゆかしき大将』巻一冒頭における、初め右大臣の娘と結婚していた戸無瀬の入道が、後に式部卿宮の美しい娘を盗み出して熱愛し、二子に恵まれたものの、「もとの上」は夫の愛の移ろいを嘆いて死ぬ、という設定と酷似する。(4)という注が施されており、『風に紅葉』における『いはでしのぶ』『恋路ゆかしき大将』の摂取が指摘されているわけだが、(5)この父親の女性関係が冒頭で語られていることは、大将のその後における女性関係に影響を与えたものと考えられはするものの、大将のそれは父親とは異なり、年上であると同時に、かついわば人妻である高貴な女性たち（太政大臣北の方・梅壺女御・承香殿女御）からの強烈なアプローチ（大将が〈性の被管理者〉であること）が多く語られている点に注目すると、この『風に紅葉』という作品が大将の女性関係にまつわる内容であり、かつ数多くの〈女すすみ〉の状況が語られていることが本作品の特色であるともいえよう。

前述したように、『風に紅葉』と『いはでしのぶ』『恋路ゆかしき大将』との類似性は指摘されているが、『源氏物語』の享受はどのようになっているのだろうか。語句の類似性などにより明らかに『源氏物語』からの引用と考えられる個所を任意に取り上げてみると、

③上は隈なうおはしまして、采女が際までも、容貌をかしきをば御覧じ過ぐさず。(1・一四。上・一二)

③'「采女・主殿司まで御覧じ過ごさず、隈なき院の御心地に、さぞ思されつらん。さりながら、三瀬川は、言ふかひなき身にたぐひ給ふべかりけるこそ」と(大将ガ承香殿女御ノ異母妹君ニ)のたまへば、……(2・七〇。下・七一)

○帝(桐壺帝)の御年ねびさせたまひぬれど、かうやうの方(注―女性関係の方面)え過ぐさせたまはず、采女、女蔵人などをも、かたち心あるをば、ことにもてはやし思しめしたれば、よしある宮仕人多かるころなり。(6)(紅葉賀巻)

④大臣(太政大臣)は例の我しもとく酔ひ給ふ癖にて、「むげに無礼にはべり」とて入り給ひぬれば、……(1・二二。上・一七)

○大臣(内大臣。もとの頭中将)、「朝臣(注―長男の柏木)や、(夕霧ノ為ニ)御休み所もとめよ。翁いたう酔ひすすみて無礼なれば、まかり入りね」と言ひ捨てて入りたまひぬ。(7)(藤裏葉巻)

⑤(承香殿女御ノ大将ヘノ)御返りは、紅の薄様の千入に色深きに書きて、上をば白き色紙に立文にしてぞ奉り給ふ。(1・三〇。上・二七)

○（光源氏ノ朝顔斎院ヘノ返信ハ）紫の紙、立文すくよかにて藤の花につけたまへり。(8)（少女巻）

⑥（大将ハ）いと覚えなくて、近く寄りて見給へば、十一、二ばかりなる人（遺児若君）の白き衣に袴長やかに着て、髪の裾は扇を広げたらんやうにをかしげにて、容貌もここはとおぼゆる所なく、一つづつうつくしなどもなのめならず。（1・三九。上・二九）

○中に、十ばかりにやあらむと見えて、白き衣、山吹などの萎えたる着て走り来たる女子（注―紫上）、あまた見えつる子どもに似るべうもあらず、いみじく生ひ先見えてうつくしげなる容貌なり。髪は扇をひろげたるやうにゆらゆらとして、顔はいと赤くすりなして立てり。(6)（若紫巻）

⑦年返りて、正月に前の殿（注―前関白。男主人公大将の父親）の若君（遺児若君）出で来給ひて、元服し給ふ。今の殿（注―現関白。もとの太政大臣）ぞ引き入れし給ひける。その夜、中将になり給ふ。変へまうかりし女房の御姿ひき変へたる御気色、ことのほか大人び給ひて、若き人々はことの映えにやうやう思ふべかめり。（2・五六。下・五七）

○この君（光源氏）の御童姿、いと変へまく思せど、十二にて御元服したまふ。……おはします殿の東の廂、東向きに倚子立てて、冠者の御座、引き入れの御座御前にあり。中の刻にて源氏参り給ふ。角髪結ひたまへるつらつき、顔のにほひ、さま変へたまはむこと惜しげなり。(9)（桐壺巻）

⑧（皇太后宮＝モトノ弘徽殿中宮ハ）御位をもすべり、御さまをも変へんと聞こえさせ給ふを、院はよろづにすぐれて思し嘆きて、この御思ひ少しもよろしく思しなるべき御祈りをさへせさせ給ふをぞ、世の人は笑ひきこえける。（2・九四。下・九六）

○「この思ひ（注―紫上死去による悲しみ）すこしなのめに、忘れさせたまへ」と、（光源氏ハ）阿弥陀仏を念じたてまつりたまふ。[10]（御法巻）

⑨まいて吹く風にももろき大臣（内大臣。もとの大将）の御涙は、包みもあへ給はず。袖のしがらみせきかね給へる御さまの、面やせ細り給へるしも、いよいよなまめかしう、薫り心恥づかしう、似るものなき御有様をよそに見なさん惜しさも、限りなう思さる……（2・一〇五。下・一〇六）

○忍びやかにうち行ひつつ、（光源氏ノ）経など読みたまへる御声を、よろしう思はんことにてだに涙とまるまじきを、まして、袖のしがらみせきあへぬまであはれに、明け暮れ見たてまつる人々の心地、尽きせず思ひきこゆ。[11]（幻巻）

などとなる。これらの個所において『風に紅葉』と『源氏物語』との語句が類似しているわけだが、それは作品全体に関わるものではなく、『源氏物語』のある範囲内に限定された引用だと考えて差し支えなかろう。

だが、『源氏物語』からの引用は語句の類似というようなレベルにはとどまらず、以下に述べるごとく、構想上の問題とも密接に関わってこよう。葵上は六条御息所との車争い事件が発端となって、夕霧を出産した直後に、六条御息所の物の怪が取りついた結果、葵上は死去する。葵上の四十九日の法事後に光源氏が恋慕し続けている藤壺の姪で、二条院に略奪して来た紫上との新枕が語られている（葵巻）。それは「葵上と刺し違えるような形」[12]でなされた新枕ではあるが、『風に紅葉』の大将が父親という他者によって〈精進落とし〉が行なわれようとしたのとは異なり、いわば光源氏の意志によって挙行された〈精進落とし〉であったのだ。

さらに、大将は加行のために北の方一品宮が一人寝の状態になるのを心配して、遺児若君に一品宮を贈与した結果、遺児若君との間に男君が誕生することになるが、それは大将が遺児若君を都に連れて来た直後から一品宮に近付けていたのとは異なり、桐壺帝は光源氏の元服後には藤壺のもとから遠ざけたものの、光源氏は藤壺との間で生じた密通の体験から、正妻格である紫上と息子夕霧との接触を防止しようとして、

⑩上の御方（紫上）には、（夕霧ヲ）御簾の前にだに、（光源氏ハ）もの近うももてなしたまはず、……（少女巻）

⑪中将の君（夕霧）を、こなた（注―紫上の居場所）にはけ遠く（光源氏ハ）もてなしきこえたまへれど、……（螢巻）

とあるように、光源氏は夕霧を紫上に近付けなかったのである。[13]にもかかわらず、野分巻で夕

霧は激しく吹き荒れた野分の余波で「見通しあらはなる廂の御座にゐたまへる」紫上を垣間見した結果、「春の曙の霞の間より、おもしろき樺桜の咲き乱れたるを見る心地」がするものの、光源氏に懊悩した状態を悟られまいとして、夕霧はその場を立ち去るのである。だが、男女関係に敏感な光源氏は「かの妻戸の開きたりけるよ、と今ぞ見とがめたまふ」（以上、野分巻）と同時に、

⑫中将（夕霧）、夜もすがら荒き風の音にも、すずろにものあはれなり。心にかけて恋しと思ふ人（雲井雁）の御事はさしおかれて、ありつる（紫上ノ）御面影の忘られぬを、こはいかにおぼゆる心ぞ、（紫上ヘノ）あるまじき思ひもこそ添へ、いと恐ろしきこと、とみづから思ひ紛らはし、他事に思ひ移れど、なほふとおぼえつつ、……（夕霧ハ）人柄のいとまめやかなれば、似げなき（注―紫上への恋慕と密通）を思ひよらねど、さやうならむ人（紫上）をこそ、同じくは見て明かし暮らさめ、限りあらむ命のほども、いますこしはかならず延びなむかし、と思ひつづけらる。（野分巻）

とあるように、夕霧が紫上を恋慕し、密通の可能性が皆無とはいえない状況が語られているところから、「夕霧が紫上と密通して子どもが生まれるというのが、六条院物語に底流する可能態の物語である」という指摘[14]が有効に機能することになろう。とすれば、この『源氏物語』の話筋が、『風に紅葉』において大将の許可のもとで一品宮と甥の遺児若君との間に生じた関係とそれに基

因する一品宮の出産という話筋に変奏されながら影響を及ぼしたと考えられるのではなかろうか。

また、朱雀院が本格的な出家をするのに当たって、光源氏は娘女三宮との結婚を依頼され、紆余曲折があったものの、結果的には結婚することになったわけだが、それ以前に六条院における蹴鞠を見物していた女三宮の飼育していた猫が簾を引き上げたために、垣間見した柏木は女三宮を恋慕し(若菜上巻)、それ以来女三宮に執着するのである。その後、女三宮との結婚が原因で発病した紫上の看病のために光源氏が二条院に出向いた結果、人少なになった六条院に女三宮の乳母子の小侍従の手引きで柏木は女三宮との密通に至る(若菜下巻)。すなわち、光源氏の正妻女三宮の〈性〉が柏木に盗まれて、懐妊するわけだが、このことは『風に紅葉』において、大将から遺児若君に贈与され、遺児若君の子を懐妊している故帥宮の姫君が按察使大納言(もとの左衛門督)に盗み出された状況とは異なるものの、『風に紅葉』という作品は『源氏物語』を変奏しながら、その骨格を利用したのではなかろうか。

このように、『風に紅葉』をはじめとする中世王朝物語では『源氏物語』との関係は等閑にはできないが、重要な点は、『風に紅葉』における話筋の骨格として『源氏物語』のそれが利用されたということだ。とすれば、部分的な摂取にとどまるのではなく、『風に紅葉』の作者は『源氏物語』の話筋を基軸にして、光源氏にとって主要な女性たちである葵上、紫上、女三宮という正妻(紫上は正妻格)たちを総動員して、話筋を展開していったのである。そこに従来指摘されることのなかった『風に紅葉』における『源氏物語』摂取の技を見るのである。

二

今まで述べてきたことを簡単に図示すると、『源氏物語』は、

㋑ 正妻葵上の死後、紫上との新枕（精進落とし）

↓

㋺ 正妻格紫上と光源氏の息子夕霧との密通の可能性

↓

㋩ 柏木と光源氏の正妻女三宮との密通と懐妊

となり、『風に紅葉』では、

㋑' 正妻一品宮の死後における故帥宮の姫君との〈精進落とし〉の可能性

↓

㋺' 遺児若君への故帥宮の姫君の贈与、並びに懐妊

↓

㋩' 按察使大納言による故帥宮の姫君の盗み出し

となる。両作品とも男主人公に帰属する〈精進落とし〉に関わる女性（故帥宮の姫君と紫上）を他者に贈与するか、もしくは盗み出される（あるいは密通の可能性）という流れのもとで構想されている点で、同質な話筋を形成しているといえよう。既に辛島正雄によって指摘されているごとく、『風に紅葉』は『いはでしのぶ』や『恋路ゆかしき大将』というほぼ同時代的な作品群の影響を多く蒙っているのと同時に、『源氏物語』が摂取されている状況に照射せねばなるまい。前述したことだが、『源氏物語』の部分的な摂取は当然のことながら、『源氏物語』摂取の方法が第一部と第二部というわゆる正編にまたがっているということが重要となってこよう。すなわち、光源氏に関わる話筋が照射されているのだ。もちろん『源氏物語』の第三部も摂取されており、例えば、

⑭（大将ガ）とのたまはばかく言はん、かくのたまはば、など（承香殿女御ガ）思し設けける御恨み言どもも、例のみなおぼえ給はで、ただむせ返り給へる御さまの若び給へるも、（大将ニトッテ）さし当たりてはをかしからずしもなし。（2・七九。下・八一）

○尼君（弁の尼）なども、けしきは見てければ、（薫ガ）つひに聞きあはせたまはんを、なかなか隠しても、事違ひて聞こえんに、そこなはれぬべし、あやしきことの筋（注—匂宮と浮舟との秘密の情事）にこそ、そらごとも思ひめぐらしつつならひしか、かくまめやかなる（薫ノ）御気色にさし向かひきこえては、（右近ハ）かねてと言はむかく言はむとまうけし言葉

をも忘れ、わづらはしうおぼえければ、ありしさまのことども（注―浮舟の入水）を（薫ニ）聞こえつ。[16]（蜻蛉巻）

⑮（大将ハ）絵を描き給ふこと人にすぐれたれば、（一品宮ノコトガ）せめての恋しさに昔の御面影を写しつつ、とかく描きて慰み給ふに、ことにただ向かひきこえたるやうなるを、本尊にし給ひて、阿弥陀仏に並べて、夜の御帳に懸け給へり。（2・九六―九七。下・九八）

○「思うたまへわびにてはべり。音なしの里求めまほしきを、かの山里わたり（注―宇治）に、わざと寺などはなくとも、昔おぼゆる（大君ノ）人形をも作り、絵にも描きとりて行ひはべらむとなん思うたまへなりにたる」と（薫ガ中君ニ）のたまへば……、[16]（宿木巻）

をあげることもできるわけだが、[17]そのことよりも『風に紅葉』の構想に『源氏物語』の話筋が摂取されている点に注目せねばなるまい。その中でも重要と思われるのは、図示した㋺と㋺′との関係において、『源氏物語』で光源氏最愛の紫上への密通が可能性にとどめ置かれたのに対して、『風に紅葉』では大将が加行のために最愛の一品宮の一人寝を避けようとして遺児若君に贈与したという点であり、そこに『風に紅葉』の作者の『源氏物語』からの新たな離陸が試みられようとしたのではないのか。それを『源氏物語』の変奏といってしまえばそれまでだが、全体的な構想のもとで『風に紅葉』の作者が『源氏物語』を摂取したのは、新たな『源氏物語』を創造したということに等しいはずだ。その点を看過すべきではなく、『源氏物語』の

〈再生〉もしくは〈新生〉として『風に紅葉』を把握していく必要があろう。すなわち、『風に紅葉』の作者は『源氏物語』の摂取によって、ミニ『源氏物語』二世を創造したのだといえよう。

注

(1)詳細は本書第五章を参照されたい。

(2)辛島正雄は「内大臣の孤閨を嫌う関白の作り事か」（「校注『風に紅葉』―巻二―」）「文学論輯」三十七号　一九九二・3）と指摘する。

(3)〈女すすみ〉に関しては「〈女すすみ〉の文学史」（拙著『物語文学集攷―平安後期から中世へ』第二部の［二十一］　新典社　二〇一三・2）を参照されたい。

(4)辛島「校注「風に紅葉」―巻一―」（「文学論輯」三十六号　一九九〇・12）。

(5)辛島「『いはでしのぶ』の影響作『恋路ゆかしき大将』と『風に紅葉』と」（『中世王朝物語史論』下巻に所収　笠間書院　二〇〇一・9）、注（2）（4）の前掲論文の注。

(6)辛島は注（4）前掲論文の注で参考としてあげている。

(7)辛島は注（4）前掲論文の注で藤裏葉巻の個所の投影があるとする。

(8)辛島は注（4）前掲論文の注で該当個所を指摘し、さらに「相手が学者ばりの女（私云、承香殿女御）であることを念頭においてのしわざであろう」と述べている。
（9）辛島は注（2）前掲論文の注で「光源氏元服の条が意識されている」と指摘する。
（10）辛島は注（2）前掲論文の注で紫上を失った光源氏が「阿弥陀仏を念ずるくだりのパロディ的表現」と述べている。
（11）辛島は注（2）前掲論文の注で参考としてあげている。なお、関恒延（『風に紅葉』遊戯社　一九九九・1）は「女の死後の男の人生は「源氏物語」（御法・幻）に似通う」と指摘している。
（12）大朝雄二「葵巻における長篇構造」（『源氏物語正篇の研究』に所収　桜楓社　一九七五・10）。
（13）このことは『風に紅葉』において、大将が叔母の中宮を凝視したために帝が不安を感じて大将を遠ざけた件と類似している。
（14）高橋亨「可能態の物語の構造―六条院物語の世界」（『源氏物語の対位法』に所収　東京大学出版会　一九八二・5）。
（15）辛島注（5）前掲書所収論文。
（16）辛島は注（2）前掲論文の注で参考としてあげている。
（17）第二部ではあるが、夕霧と落葉宮関係からの摂取が二例あり（夕霧巻）、さらに第三部では総角巻における大君関係の記事から一例影響を蒙っていると考えられる。

第四章　『颪に紅葉』と『恋路ゆかしき大将』との類似性をめぐって

一

『風に紅葉』と『恋路ゆかしき大将』（以下、『恋路ゆかしき』と略す）との関係については、辛島正雄「『いはでしのぶ』の影響作―『恋路ゆかしき大将』と『風に紅葉』と」（『中世王朝物語史論』下巻に所収　笠間書院二〇〇一・9。初出、一九八六・3）が、以下に述べる①④⑤に関して論じており、本書では一部その指摘と重なる点はあるものの、両作品の類似性を中心に述べていこうと思う。

＊　＊　＊

①『恋路ゆかしき』の冒頭部において、故院の第一皇子で、「御容貌をはじめ御身の才まで世に賞でられ給」（1・一二）うた戸無瀬入道（源氏太政大臣であったが、右大臣女の北の方の死後、出家）は、母が大臣の娘で梅壺女御であったものの、大臣が死去したために、後見がなく、即位できなかったので、右大臣が一人娘と結婚させたのである。だが、式部卿宮女で非常に美しい姫君（後に藤壺女御・皇后宮となるが、藤壺女御の名称で統一する）を今上帝が入内させたいと思い、父宮もそのつもりで準備を進めていたところ、「いかに引き違へける御契りにか、あさましくて盗みきこえ給ひにしかば」（1・一三）とあるごとく、戸無瀬入道が略奪してしまったのだ。

冒頭部で后がねが略奪されたことは、戸無瀬入道が即位できなかったという悔しさが契機になったとも考えられるが、冒頭部で女の略奪が語られている意味を看過してはなるまい。というのは、『風に紅葉』においても、男主人公大将（後に内大臣となるが、以下、大将と称する）の父関白左大臣は故大臣女を北の方とするものの、今上帝（後に朱雀院）の妹女一宮を「いかにたばかり給ひけるにか、盗みきこえ給」（1・一二。上・八）い、女一宮を寵愛した結果、北の方はそのショックで亡くなってしまうからだ。この点を重視すれば、両作品の発端が余りにも類似しているといえよう。すなわち、男主人公（ないしは、男主人公格）の父親が大臣の娘と結婚したにもかかわらず、高貴な姫君（姫宮）を盗み出すという点において類似した話筋で語られているということだ。そのうえ、戸無瀬入道は藤壺女御との間に端山・花染という二人の男君を儲け、大将の父親も女一宮との間に大将と妹で春宮に入内した宣耀殿女御（後に、春宮の即位に伴ない、弘徽殿中宮）の二人を儲けたわけだから、子供の数まで一致しているのである。両作品ともに『風葉集』に作中和歌が入集していない点からも成立の前後関係を確定しがたいが、それらに先行する作品として『浅茅が露』を見落としてはなるまい。というのは、『浅茅が露』の冒頭において、帝の寵愛する大納言典侍が源中将に盗まれたと語られているからだ（二人の間に生まれた姫君は『風葉集』〈巻五・秋下・二三九、巻十二・恋二・八八五〉によれば、「尚侍」になっている）。とすれば、『浅茅が露』ではいわば人妻的立場に位置するのが大納言典侍であり、『恋路ゆかしき』と『風に紅葉』においては盗まれた女が高貴な独身女性であるという差異はあるものの、これらの三作品における冒頭部の起筆の相似性には注意しておく必要があろう。そのうえ、女を盗んだ男が後に登場する主人公やそれに準ずる人物たちの父親であるという点においても共通性を有しているのだ。ちなみに、『浅茅が露』の和歌が『風葉集』に一〇首入集している点からも、これら二作品の冒頭部には『浅茅が露』のそれが影響を与えていると考えられよう。とすれば、『浅茅が露』におけるいわば既婚者をこれら二作品は未婚女性に置き換えることによって、新味を打ち出そうとしたのだ。

＊　＊　＊

②『恋路ゆかしき』において、

右の大臣の女御、承香殿と聞こゆるは、大将（恋路）にも御仲なりける、それも上（帝）の御みちびきにぞありける。（1・一九）

と語られているように、帝の主導のもとで恋路（後に関白）と承香殿女御との情交が公認されているわけだが、『風に紅葉』では太政大臣の北の方自身が大将と情交を結びながら、大将を恋慕している継子で里下り中の梅壺女御と大将との情交を取り持っているのである。[1] 主導した人物が帝と北の方という差異はあるものの、主導されたのは後に大臣になった人物であり、その対象者はどちらも女御であったという共通点を有している。

＊　＊　＊

③は②と関連する事項だが、継母と継子の両方に対する情交は、両作品において次のように語られている。『恋路ゆかしき』では恋路の北の方は前左大臣女であったが、その後「はなやかに色めかしき」継母（今北の方）は「一年の五節より、あなたよりすすみて聞こえかかりたりし人」（1・二九）で、恋路に継母の方から積極的に接近したのであり、傍線部のごとく、いわゆる〈女すすみ〉であった。[2] それに対して『風に紅葉』においては、大将は一品宮と結婚後、父親の兄である太政大臣から梅見の宴に誘われ、大将が「うち見やりきこえ給へる匂ひ、有様に、㋑魂もやがて消え惑ふばかり、現し心もなくぞ上（太政大臣北の方）はおぼえ給」（1・二〇。上・一六）い、「御賄ひを宮仕ひ初めにも、それや」と、大臣の上（北の方）に聞こえ給へば、居ざり寄りて、銚子取りて奉り給へば、㋺大将居直りて、色許りて見ゆる女房を、「こちや。いかが、さることは」とのたまへど、（北の方ガ女房ノ手ヲ）㋩なほ押さへて奉り給ふを、「さらば、また」とて（大将ガ）受け給ふほどの御気色、（北の方ハ）ただ死ぬばかりぞおぼえ給ふ。（1・二〇―二一。上・一七）

とあり、これを契機に二人は密会を重ねるわけだが、この直前に太政大臣が北の方との実娘を大将に与えたいという発言があり、それに対して恐縮して返答する大将の様子にうっとりとする北の方が傍線部㋑をはじめとして、㋺㋩から北の方が大将に魅了されていく過程が看取されよう。この場面では、北の方に対して『恋路ゆかしき』の継母に用いられている「すすむ」ということばこそないものの、〈女すすみ〉の状況であると考えられる。その後、北の方の継子に当たる梅壺女御は「（内裏ヨリ）急ぎ出で給ひてけり」（大将ガ太政大臣邸ニ）渡り給ふよし聞き給ふに、心も心ならず、（1・二三。上・二〇）とあるように、梅壺女御の大将への恋慕を見て取った北の方は、大将に里下り中の梅壺女御との情交を勧め、大将はその申し出を渋るものの、北の方は大将を梅壺女御の部屋に案内する。情交後に、梅壺女御の方から先に大将に贈歌する。それは、

有明のつれなき影に先立ちてまた夕闇の心まどひよ

とむせかへり給ふ御気色も、逆様事なり。（1・二八。上・二四―二五）

と語られているわけだが、梅壺女御の歌は帰って行く大将の姿を見るのが辛いので、大将にまた逢いたいと心を乱しながら夕闇になるのを待っているという内容であり、いわば梅壺女御の方から大将を口説いているのを、語り手が傍線部のごとく「逆様事」と揶揄的に語っているのである。そこに梅壺女御の大将に対する強烈な恋慕が表象されているわけだが、「すすむ」というような直接的なことばは使用されてはいないものの、梅壺女御もまた〈女すすみ〉であることが顕在化しているのだ。このように両作品の〈女すすみ〉の状況が語られているわけだが、『恋路ゆかしき』では恋路との情交は継子が先で、継母が後であるのに対して、『風に紅葉』で

は大将との情交は継母が先で、継子が後であるという差異があると同時に、『風に紅葉』では継母である北の方が大将と継子との情交の場を設定しているのに対して、『恋路ゆかしき』においては継子が恋路と継母との情交の場を設定していないという差異のある点も注意しておく必要があろう。

＊　＊　＊

④『恋路ゆかしき』において、恋路の父親である関白左大臣の兄の致仕大臣は彼らの父故入道大臣が関白職を弟である恋路の父親に譲った怨みのために、三人の娘を連れて吉野に引き籠っていたが、七十歳を過ぎて、突如帰京した件は、

この人（吉野致仕大臣）世を怨むる心深くてかく行なひ過ぐす事、亡き（父故入道関白ノ）御ため、わが御末々も、よからぬ事なりと（関白左大臣ハ）思して、帝にも奏し申し給ひて、しばしがほどにても名（注―関白の名称）をかけさせんと思し寄る。（1・三〇）

とあるように、関白左大臣が吉野致仕大臣に一時的に関白の地位を譲ったところ、吉野致仕大臣の歓喜した様子が「いみじうあはれなり」（1・三一）と語られている。このような状況は『風に紅葉』においても語られており、それは大将の父親に対する発言として、

「……かの太政大臣（注―大将の父親の兄）の、すでに六十に及び給ひぬるが、なほ朝廷の御後見（注―関白職）なん、心にかかることけにはべる。故大殿（注―大将の祖父である故関白）

のこなた（注―大将の父親）へ譲りきこえ給へりけることは、恐れながら、御僻事にこそはべりけれ。ひと日も内裏にて、なにがし（注―大将のこと）をとく揺るぎなくなしてみたきとかや、奏せさせ給ひけるよし承る。かへすがへす当時あるまじきことになん。君（注―大将の父親）は四十にこそみたせ給へば、さは言へど、御行く末おはします。かの大臣の、いつの世を待つともなき頭の雪のつみ深うなん見給ふる。（大将ノ妹宣耀殿女御所生ノ）一宮、坊に立たせ給ひ、女御、立后など侍らん御栄華の頃、返りならせ給ひて、いつまでも御保ちはべれかし」と聞こえ給ふに、……（1・五三―五四。下・五四―五五）

とあるように、大将は父親に対して関白職を父親の兄の太政大臣に譲るように進言しており、その結果、譲られた太政大臣は「ものに当たりて喜び惑ひ給ふ」（2・五四。下・五五）と語られている。

このように、『恋路ゆかしき』と『風に紅葉』とにおける関白職移譲の発案者に関しては、弟自身と甥という差異は見られるものの、それが実現された結果、兄は大喜びであったと語られている点からも、両作品の類似性を指摘することができよう。

＊　＊　＊

⑤『恋路ゆかしき』において、戸無瀬入道と梅津尼君との間に生まれた梅津妹君（後に藤壺女御。冒頭で語られている戸無瀬入道が盗み出した藤壺女御とは別人だが、混乱を避けるために梅津妹君と称

する）の漢学の才能に関して、「男恥づかしきまでいかめしき御才学、唐の文の深き事どもいかでたどり知り給ふらん」（5・一六九）と恋路の視点からとらえられ、さらに、「殿（恋路）はなほこの学問のついでの（梅津妹君トノ）御あひしらひ思ひさましがたく思されて、しばしば夜更かし給ふを」（5・一七三）と語られているわけだが、[3]『風に紅葉』でも故式部卿宮女の承香殿女御は父親から多くの漢籍を譲られて所有しているために、帝は「何くれの文、日記ども、ただこの女御に尋ねきこえさせ給」（1・二九。上・二五）い、大将も承香殿付きの女房である宰相の君を通じて漢籍を見せてくれるように願い出たところ、快諾して、「『文どもはさることにて、異なる秘事、御みづからならでは』」（1・二九。上・二六）と返事をし、「書き付くる昔の跡のなかりせば思ふ心は知らせましやは」「いかにせん見るに苦しき君ゆゑに心は身にも添はずなりゆく」（以上、1・三〇。以上、上・二六）という大将を恋慕する二首の歌を詠んで贈り、その後、大将は里下り中の承香殿女御を訪ねて、情交に及ぶのである。このように、梅津妹君と承香殿女御が漢籍に深い知識を持っているという点から、そこに両作品の類似性を見るのである。

＊　＊　＊

⑥『恋路ゆかしき』の梅津妹君の異父姉である梅津女君と端山との関係を知った恋路の妹の中宮（後に皇太后宮）が激怒した結果、娘で端山と結婚していた女一宮（一品宮）の産んだ若君を端山のもとに送り返すという状況にショックを受けた端山は官を辞して戸無瀬に籠るが、院の

斡旋により事態が好転し、皇太后宮によって端山と女一宮との結婚が正式に認められた。このような端山と女一宮との複雑な関係は「輪廻の業」（5・一八六）と語られている。それに対して『風に紅葉』においては、序文で「苔の下の出で立ちよりほかは、何の営みあるまじき身に、せめての輪廻の業にや」（1・一一。上・八）とあり、仏教的色彩の濃厚な語句である。このように両作品において「輪廻の業」という同一な語句が用いられており、その近似性に注目しておかねばなるまい。この語句は管見に及ぶ限り、『源氏物語』にはなく、他の中世王朝物語作品でも使用されていない。

＊　＊　＊

今まで述べてきたように、『恋路ゆかしき』と『風に紅葉』とは内容上類似している個所が何個所か指摘できると同時に、⑥のごとき同一語句が用いられており、両作品の影響関係が考えられるわけだが、ともに『風葉集』に作中和歌が入集しておらず、現状においては、両者の成立の前後関係を確定できない。とすれば、同時代作品という枠組の中で考えていかざるをえないだろう。[4]

注

（1）物語文学ではないが、自分のいわば愛人二条を異母弟の「有明の月」（性助法親王）にけしかけた人物として『とはずがたり』の後深草院が想起される。詳しくは、市古貞次「かぜに紅葉について」（『中世小説とその周辺』所収　（東京大学出版会　一九八一・11。初出、一九五九・8）、辛島正雄「校注『風に紅葉』―巻一―」（『文学論輯』三十六号　一九九〇・12）を参照されたい。

（2）〈女すすみ〉に関しては、拙著『物語文学集攷―平安後期から中世へ―』第三部の［六］（新典社　二〇一三・2）を参照されたい。

（3）梅津女君は「いま少し（漢学ノ）底を究め給へりけり」と語られている。また、母梅津尼君の祖父である某博士は「世に聞こえたりけるが、男子も持たで、ただ一人ありける女によろづを授けて、故大臣にさぶらはせけるを、御覧じ放たざりける腹になん、この二人（注―斎宮女別当と梅津尼君）は出でき給へり」（以上、5・一七〇）とあり、梅津女君と梅津妹君の二人の異父姉妹は漢学者の血筋を継承していると考えられる。また、『風に紅葉』の承香殿女御の父、故式部卿宮も「才賢うすぐれ給へりける、……この女御に、世にありがたき文どもも、さながら御倉町に取り置きて、奉り給へりけるほどに」（1・二九。上・二五）と語られているごとく、漢学者の系統か、もしくは漢学に造詣が深いと考えられる。

（4）辻本裕成「同時代文学の中の「とはずがたり」」（『国語国文』一九八九・1）。

第五章　『風に紅葉』と『とはずがたり』との共通基盤

——〈性の被管理者〉から〈性の管理者〉へ——

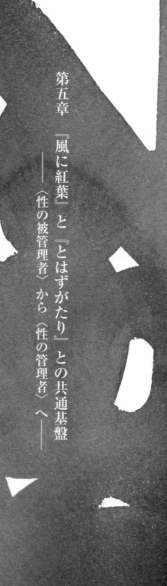

はじめに

『風に紅葉』における男主人公大将（後に内大臣となるが、以下、大将と称する）は異母兄権中納言の遺児若君（後に中納言兼右大将）の出現以来、〈性の被管理者〉から〈性の管理者〉へと変遷する。それと同様に『とはずがたり』においても、後深草院は二条の母親（典侍大）によって〈性〉の手ほどきを受けた後、その娘である二条の〈性〉を管理することによって、〈性の被管理者〉から〈性の管理者〉へと変遷していったと考えられ、そのような意味において、両作品はほぼ同様な構成のもとで語られていると思われる。(1)

ところで、『とはずがたり』は後深草院の三回忌の法事を二条が聴聞した記事で擱筆されており、それは徳治元年（一三〇六）七月十六日のことであった。その時の二条の年齢は四十九歳であって、没年は不明であるが、『とはずがたり』は遅くとも十四世紀半ばまでには成立していたと考えられる。その一方、『風に紅葉』は『無名草子』に触れられていないばかりではなく、文永八年（一二七一）成立の『風葉集』にも作中歌は採られてはおらず、最新の概説書においても成立年代に関して南北朝頃（一三三六―一三九二）と記されており、(2)両作品の成立はほぼ同時期とみなしておいて差し支えないだろう。とすれば、どちらが先行する作品であったのかは決定しがたいが、いずれにしても両作品が内容的に〈性〉のありように照射した作品であったことは首肯されるだろう。そこで、以下両者における〈性〉のありようを考え、〈性の被管理者〉から〈性の管理者〉へと移行していった大将と後深草院との状況を詳しく述べていくことにしたい。

一 『風に紅葉』における男主人公大将をめぐっての〈性〉

『風に紅葉』における大将は関白左大臣と帝（後に朱雀院）の妹女一宮との間に生まれたが、母親の女一宮が関白によって盗み出されたという経緯があったために、帝は「『父大臣の、雲居を分けて、この母宮ゆゑ、世の騒ぎなりしもむつかし。これ（注―大将）をば我と召し寄せむ』と言って、娘の一品宮を降嫁させた結果、その一品宮は「気高うなまめかしうたをたをとうつくしう、飽かぬことなくおはしませば、（大将ノ）御心ざしも世の常ならず」（以上、1・一三。以上、上・一〇）という状態ではあるものの、大将は帝の肝入りで結婚させられたわけであるから、大将にとっては受身の立場であって、大将の〈性〉は帝によって管理されているのだといえよう。

さらに、大将は父親の兄太政大臣から梅見の宴に招かれ、北の方腹の小姫君のことに関して、①「翁（注―太政大臣）、むげに（死ニ）近づきたる心地しはべるに、この人（小姫君）のむつかしきほだしにおぼえはべる。ものめかさばこそ、世の聞こえも便なうはべるらめ。ただ候ふ人の列にて育ませ給ひなんや」と（大将ニ）聞こえ給へば、……（1・二〇。上・一六）

とあるように、太政大臣が小姫君を大将の愛人もしくは侍女の一人として提供したいと語っているわけだが、北の方は自分の実の娘が大将と情交を結ぶかもしれないという嫉妬も手伝ってか、「うち見やりきこえ給へる（大将ノ）匂ひ、有様に、（北の方ノ）魂もやがて消え惑ふばかり、現し心もなく」（1・二〇。上・一六）なって、酒宴の折、

②「御賄ひを、宮仕え初めにも、それや」と、大臣の上（北の方）に聞こえ給へば、居ざり寄りて、銚子取りて奉り給へば、大将居直りて、色許りて見ゆる女房を、「こちや、いかが、さることは」とのたまへど、（北の方ハ女房ヲ）なほ押さへて奉り給ふを、「さらば、また」とて（大将ガ）受け給ふほどの御気色、（北の方ハ）ただ死ぬばかりぞおぼえ給ふ。（1・二〇—二一。上・一七）

とあるように、傍線部から北の方の大将に対する積極的な態度が看取され、太政大臣の酔いによる退去後に二人の情事が語られているために、「姫君（小姫君）の御新枕にはあらで、あやしの乱りがはしさや」（1・二一。上・一七）と語り手による揶揄的な言説が吐露されているのだ。

また、太政大臣の娘で先妻腹の梅壺女御（後に中宮、皇后宮）は「（大将ガ太政大臣邸ニ）かく渡り給ふよし聞き給ふに、心も心なら」（1・二三。上・二〇）ない状態で、実家である太政大臣邸

に急遽退出するわけだが、これ以前に梅壺女御側は匿名で「いろいろのかざしの花も何ならず君が匂ひにうつる心は」(1・一六。上・一三)の歌を片仮名で書いて大将に贈っている。その後、梅壺女御は「(大将ニ)移る心に忍びかね給へる御心地、言ひ知らず」(1・一五。上・一二)とあり、大将もその歌の贈り主を知ったために、

③　春ごとにかざしの花は匂へども移る心は色や変はらむ

と(大将ガ)書きて、(梅壺女御ニ)伝へさせきこえ給へば、心も空にていまだ寝給はざりけるに、よろしう待ち見給はんや。

「年を経て心の色は染めませど色に出でねばかひなかりけり繁さまされど」なんどやありけん。(1・二六。上・二二―二三)

とあるごとく、二個所の傍線部、特に後者のそれには「わが恋は深山がくれの草なれやしげさまされど知る人のなき」(古今集・巻十二・恋二・五六〇・小野良樹)が引歌として用いられていることによっても、梅壺女御の大将に対する積極的な恋慕が語られているのであって、北の方と梅壺女御とは継母子の関係でありながらも仲が良く、北の方が里下り中の梅壺女御の部屋に大将を手引きして、情交を結ぶに至るのである。大将の帰り際に、

④　有明のつれなき影に先立ちてまた夕闇の心惑ひよ

と(梅壺女御ガ詠歌シテ)むせかへり給ふ御気色も、逆様事なり。(1・二八。上・二四―二五)

とあり、傍線部「逆様事」に関して、

普通ならとっくに帰っている大将が、わざわざ気を遣って長くとどまってくれているのに、そんなことなどお構いなしに、もう帰ってしまうのか、といわんばかりの恨めしげな歌を詠んだのが、「さかさま」だ、というのである。(3)

とする考えもあるが、④の「有明の」の歌は、別れる今から夕方の大将の来訪が待ち遠しくて、心が乱れ、体が疼くという意であり、女御の方から大将を口説いており、それが「逆様事」と揶揄的に語られているのではないのか。(4)

さらに、故式部卿宮女である承香殿女御が父親譲りの多くの漢籍を所有しているということから、大将が承香殿女御の侍女である宰相の君を介してそれを見せてくれるように依頼したところ、「さばかり、(大将ニ対シテ)いかなる風のつてもがな、と思しわたる御心地」だったので、快諾すると同時に、「『文などはさることにて、異なる秘事、御みづからならでは』」(以上、1・二九。以上、上・二六)といい、大将に会った際、「いかにせん見るに苦しき君ゆゑに心は身にも添はずなりゆく」(1・三〇。上・二六)と承香殿女御の方から先に詠歌しているところからすれば、承香殿女御は大将に執着しており、女御の里下りの折、大将が訪問して、二人は情交に至るのであるが、大将は「こなた(注―承香殿女御)の御心ざしの十が一だにあらじとぞ見ゆる」(1・三二。上・二九)とあるごとく、承香殿女御の大将に対する激越な恋慕が語られているのである。

大将が七、八歳の幼少期といえども、父親の妹である中宮に魅了されたのを帝が察知して、中宮のもとへの出入りが禁じられたという一面はあるものの、今まで述べてきた事例から三人の高貴な女性たち（太政大臣北の方・梅壺女御・承香殿女御）はいずれも大将に対して自分たちの方から積極的に恋心を抱き、情交に至るわけだが、大将側に立脚してみると、大将は常に受動的であり、いわば〈性の被管理者〉であった点に注意しておく必要があろう。

ところで、大将の妹である宣耀殿女御が懐妊して衰弱したために、唐土から帰った聖に、祈禱を依頼する目的で難波に赴いた折、異母兄の遺児である女装した若君(5)（以下、遺児若君と称する）と出会い、「稚児をば見過ぐしがたう思したる御心地」（1・四〇。上・三七）のために、抱き寄せて横になったところ、遺児若君も大将に「かいつきて寝給」（1・四一。上・三七）うのであって、大将が遺児若君に積極的であるとともに、また遺児若君も同様であって、相互に同性愛に耽っているという点からも、今まで述べてきた三人の女性たちに対するのとは異なり、大将が遺児若君に積極的に固執しているのであって、いわば大将が遺児若君に対して〈性の管理者〉たろうとしているのではなかろうか。

さて、次の大将の発言は直接〈性〉には関係がないけれども、

⑤「……かの太政大臣（父親の兄）の、すでに六十に及び給ひぬるが、なほ朝廷の御後見なん、心にかかることけにはべる。……君（父親）は四十にこそみたせ給へば、さは言へど行く

末おはします。かの大臣の、いつの世を待つともなき頭の雪のつみ深うなん見給ふる。さて一宮（春宮と宣耀殿女御との子）、坊に立たせ給ひ、女御、立后など侍らん御栄華の頃、（関白ニ）返りならせ給ひて、いつまでも御保ちはべれかし」と聞こえ給ふに、げにも、（父親ハ）この風情、思ひ寄らざりけり。親なれど、我が心はむげに言ふかひなしかし。（2・五三―五四。下・五四―五五）

とあり、父親の兄が年齢からして最後の機会になるだろうと考えて、関白職を譲渡するように大将が関白に説得したところ、傍線部のごとく、父親は大将の発言に恥じ入り、同意するのであって、これは大将が父親を領導していると考えられる。(6) この発言が巻二冒頭部で語られることによって、巻一において遺児若君との間で繰り広げられた癖態を相対化し、大将を讃美する機能を帯びていると同時に、この大将の積極的な言説が前述した太政大臣邸における梅見の宴の折、太政大臣から大将に対して依頼された小姫君を元服した遺児若君に譲渡することと関連しているのではなかろうか、すなわち、大将が遺児若君を管理する立場に立つことになり、それはいわば大将が〈性の被管理者〉から〈性の管理者〉へと変遷を遂げようとしていることと関連するのではなかろうか。そのような意味において、引用文⑤を理解すべきであると考えられる。

その後、一品宮との間の子である姫君の琴の教授のことで帝の妹の前斎宮が大将のもとに出

入りするようになり、

⑥そぞろに懐かしう身にしみて、(大将ニ)近づかまほしき御心のみ出で来るぞ、いとあさましき。いかにもただならぬ(前斎宮ノ)御気色を、女宮(一品宮)も御覧じとがめて、大臣(大将)にも聞こえ給ふを、我も折々あやしう思しとがむ御事なれば、……(2・五九。下・五九—六〇)

と語られているように、前斎宮は他者に察知されるほど大将に対して積極的な態度に出るものの、大将は「手当たりもあまりやせやせにさらぼひたる心地」(2・六一。下・六一)する前斎宮に魅力を感じないと同時に、情交に至らないのは、前斎宮が積極的であり、大将が〈恋の被管理者〉にならざるをえない状況だったからであり、そのような状態になるのを忌避したからではないのか。

このように大将は前述の三人の〈女すすみ〉[7]の女性たちとは情交に至るわけだが、大将に積極的な前斎宮との情交がないのは、前斎宮に性的魅力が欠如していると同時に、大将が〈性の管理者〉に変遷しつつあることと無関係ではあるまい。とすれば、

⑦(前斎宮ハ)いかさまにも(大将ニ)常に向かはまほしう懐かしき御心は失せず。我ならぬ人はさてやは果てまし、と行く末もうしろめたう思ひきこえ給ふ。(2・六一。下・六二)

における傍線部は「『私以外の女性なら、このままでは終るまいに』と、将来の我が身も不安

なほどに思い申される」と前斎宮の心中に即して解釈されているわけだが、(8)自分以外の男ならいくら魅力に欠ける前斎宮であってもこのまま黙って見過ごすことはあるまいと、大将が前斎宮の将来を不安にお思い申し上げなさると理解すべきではなかろうか。そこに大将は他の男とは違うのだということが強調されているわけだが、〈性の被管理者〉を離脱しようとする大将の姿勢をも顕在化させているといえよう。そこに従来までとは異なった大将の人物造型がなされているのであって、その変遷の原点は遺児若君の出現によるものと考えられる。

ところで、〈性の被管理者〉の立場であり続けていた大将にとって、唯一の例外の女性がいる。かつて妹の宣耀殿女御が懐妊のために衰弱したので、難波に赴いて聖に祈禱を依頼したことは前述したが、その聖が来年は大将にとって厳重に謹慎しなければならぬ年であると警告したために、勤行することになる。その勤行を目前に控えて里下りをしている承香殿女御を大将が訪れたところ、「例は人住むとも見えぬ西の対の方に、箏の琴をわざとならず弾きすさむ音、なべてならず聞こ」えてくるので、「近く歩みおはして、火の光見ゆる所より見給へば、(女ノ様子ガ)名残なく見」(以上、2・六五。以上、下・六五)えたのであるが、この女は承香殿女御の異母妹に当たる姫君で、

⑧薄色の衣のなよよかなるを着て、琴をば弾きやみて、火をつくづくとながめて、いともの思はしげなるまみのわたり、あはれに懐かしう、らうたげなること限りなし。……院の上

の御心にかかりける人を、女御の憎みて、離れたる方に諫めおき給へることのさまにきこゆ。……見捨てて帰るべき御心地もせぬぞ、我ながら思ひのほかなる。（2・六五―六六。下・六六―六七）

と語られており、傍線部から理解されるように、大将の方から姫君に心を動かし、情交に至るのである。すなわち、「あはれにらうたきこと、よそに見つるに千重まさりて、（姫君ニ対スル大将ノ気持チハ）限りなき御心ざしな」のであり、「さしも宵の間のうたた寝にてのみ出で給ふに、鐘の音うちしきるまで立ち出づべき御心地もせぬ」（以上、2・六七。下・六七、六八）のであって、翌日も「ほどなく明けゆく気色」（2・七〇。下・七一）まで姫君のもとに滞在している点からも、今までの大将の相手が人妻や女御という立場の女であったという事情を考慮しても、女のもとを訪れた大将は従来より「暁も待たずぞ起き別れ給ひぬる」（太政大臣北の方との逢い引き後の別れ。1・二二。上・一八）や「例の宵過ぐるほどにぞ出で給ひぬる」（承香殿女御との逢い引き後の別れ。1・三二。上・二九）状況が通例であるのと比較してみると、この姫君に対する大将の態度は異例なのであって、一品宮に二度もこの姫君のことを報告しているのである。このことは遺児若君が大将に「『うたた寝の夢ならぬことも侍りけるは』」（2・六八。下・六九）と述べており、大将が一品宮のもとに「珍しう二夜続きたりし御夜離れ」（2・七三。下・七四）をしている点からも、大将の姫君に対する強烈な恋慕が語られているのだといえよう。だが、大将との関係を知った承香殿女御の嫉妬によって、姫君は追放されてしまい、東山の尼君を頼って、三輪に移居する。姫君は「いづくにも（大将ノ）形見の御単衣をば身に添へ給」（2・七七。下・七八）い、「ただありし（大将ノ）御単衣の匂ひの、いまだ変はらぬにつけても、言ひしらぬ御心地な」（2・七八。下・七九）のであり、大将にとっても「これやまことの恋の道ならん」（2・七八。下・八〇）とはじめて主体的に女への恋に駆り立てられ、さらに「雪踏み分けし人（故式部卿宮の姫君）のあはればかりは、御心の底に残りけり」（2・八八。下・八九）とあるように、大将にとって姫君は忘れがたい存在であったのだ。だからこそ、一品宮が大将に「色変はるけしきの森は身一つに秋ならねどもあきや来ぬらん」の歌を詠みかけたことに対して、大将も「このほどの気色を（一品宮ハ）思し知るにこそ」（以上、2・七三。以上、下・七四）と認識し、大将に従順であった一品宮が「とけがたく見え給」（2・七四。下・七五）うた点に、大将の姫君に対する積極的な姿勢が顕在化しているのだ。そのことはまた〈面影〉ということばによってもうかがうことができよう。すなわち、本作品において〈面影〉は一〇例あるが、そのうち、

○あはれなりつる人（姫君）の面影、気配、身を離れぬ心地して、（大将ニトッテ）心苦し。（2・六八。下・六八）

○「これや形見の」と言ひし（姫君ノ）面影、気配を、または見るまじきとやは思ひし、と（大将ハ）やらん方なし。（2・七三。下・七四）

○うち静まれば、二夜の夢の（大将ノ）御面影、気配のみ（姫君ノ）身に添ひて、この世には

いかでかはまた見たてまつらん、と心細きに、……（2・七八。下・七九）

の三例だけに、〈面影・気配〉の用例を見るわけだが、これらは大将と姫君との間でしか使用されていないのだ。とすれば、大将と姫君は特別な視点から語られているのだといえよう。この姫君との間における独自な語られ方は、大将が〈性の管理者〉となりえたことと連動していよう。

〈性の管理者〉となった大将は聖の警告に従って勤行することになるわけだが、その勤行期間における一品宮の寂しさを紛らわすために遺児若君に一品宮を贈与したのである。もちろん遺児若君はそれを拒否したものの、結局心ひかれていた一品宮と情交を結び、一品宮を懐妊させる。一品宮の懐妊を「大臣（大将）も、我が過ちの心地し給ひながら、もてなし喜び給」（2・八八。下・八九）うのは、大将が遺児若君と一品宮の二人の〈性〉を操縦することを表象しているのであり、それはいわば大将が完璧な〈性の管理者〉たろうとしたことを意味する。と同時に、一品宮との関係が「夜昼一つに添ひ臥してのみ明かし暮らし給ふ」（2・八七）、「ただ起き臥しもろともに過ごし給ふ」（2・八八。以上、下・八九）とあるように、仲睦まじく語られている一方、遺児若君という他者の子を懐妊した一品宮に対して、前述のごとく、〈性の管理者〉としての立場を大将は維持しようとしたのではなかろうか。そのことは今まで大将が〈性

の被管理者〉の立場に甘んじざるをえなかったことに対する反措定であったのだ。だからこそ、大将の分身たる遺児若君との関係は、

⑨何事につけても、この君（遺児若君）なからましかば、と頼もしうあはれに思ひかはし給へるたがひの御心ざし、月日に添へて、ことの折節ごとには色添ふべかむめり。（2・九六。下・九八）

と語られているように、大将にとって遺児若君に対する〈性の管理者〉としての立場が一層強化されていく必要があったのだ。

ところで、一品宮は遺児若君との情交後、懐妊して出産するわけだが、それが苦悩の原因となってやがて死去することになる。一品宮の死去後、父親が大将のそばに女がいないのは忌むことだといって、故帥宮の姫君が提供された。大将は姫君が気に入らなかったわけではないが、大将にとって女が父親から与えられるということは、〈性の被管理者〉となることであると認識したために、姫君を拒否し、後にその姫君を遺児若君に贈与して、情交を結ばせるに至るのである。その遺児若君は大将と「『身を分けたる者』」、大将の「『御代はり』」（以上、2・一〇八。下・一〇九、一一〇）と称して、大将の分身として姫君を手に入れるが、その姫君は太政大臣の息子である按察使大納言（もとの左衛門督）に盗み出されてしまう。とすれば、按察使大納言は〈性の管理者〉となったわけであるが、大将出現以前には按察使大納言（当時、左衛門督）と情

交関係の噂のあった継母北の方が大将を恋慕してしまったのであり、それはいわば大将に盗み出されたことを意味するのであって、故帥宮の姫君を盗み出すことによって、按察使大納言は〈性〉の主導権を取り戻したのである。

以上のように、大将の〈性〉が管理されることから管理することへと移行していった原点は遺児若君にあり、その遺児若君も女装させられて〈性〉の管理がなされてはいたものの、真の意味においては大将によって〈性の被管理者〉となったのであって、いわば遺児若君の〈性〉は大将によって支配されることになるのである。また、大将が女に対して〈性の管理者〉となりえたのは故式部卿宮の姫君であるが、その姫君は異母姉から圧迫され、大将のもとから失踪したのであり、さらに、遺児若君と関係させた一品宮も彼の子を出産後に急逝した点から考えると、大将は〈性の管理者〉として完遂できなかったのである。とすれば、『風に紅葉』とは男主人公が完璧な〈性の管理者〉として君臨できなかった人生史が語られているのだといえよう。

二　『とはずがたり』における後深草院をめぐつての〈性〉

後深草院は二条に対して、

⑩「……わが新枕は故典侍大にしも習ひたりしかば、とにかくに人知れずおぼえしを、いまだ言ふかひなきほどの心地して、よろづ世の中つつましくて明け暮れしほどに、冬忠・雅忠などに主づかれて、（典侍大ノコトヲ）隙をこそ人悪くうかがひしか。（二条ガ典侍大ノ）腹の中にありし折も、心もとなく、いつかいつかと、手の内なりしより、さばくりつけてありし」（3・三五五）

と語っており、それは二条の母親である典侍大（式部卿大納言四条隆親女）から〈性〉の手ほどきを受けたという内容である。後深草院には康元元年（一二五六）十一月に西園寺実氏女姞子（後に大宮院）の妹で、年上の叔母である公子（後に東二条院）が入内しているから、その直前に典侍大が後深草院に対して〈性〉の訓練を施したと考えられるが[9]、その後、典侍大が雅忠と結婚して二条を懐妊している時から、後深草院は二条のことを気にかけており、二条が二歳の折（正元元年〈一二五九〉）に典侍大が死去した後、二条が四歳の時に院御所に引き取るのである。とすれば、後深草院は最初二条の母親によって〈性〉が管理されたために、逆にその娘の〈性〉を管理しようとしたのではなかろうか。母子相姦は『源氏物語』では、光源氏と夕顔―玉鬘、六条御息所―夕顔という二組の例が想定され、特に前者においては実現の可能性もあったが、それは実現されなかったのである。後深草院は二条が十四歳の折に初めて情交を持ち、光源氏でさえ実現できなかった母子相姦を遂行したわけだから、そこに光源氏の〈性〉を超越しようとする後深草院の意志があったのではなかろうか。と同時に、『今鏡』（難波の上巻四）に「白河殿と聞え給ふ人おはしましき。その人待賢門院（璋子。後に鳥羽帝の中宮）をば養ひたてまつり給ひて、院も御娘とて、もてなし聞えさせ給ひしなり」とあるように、白河院が待賢門院を寵愛していた白河殿（祇園女御）の養女にして、白河院も璋子をかわいがっていたと記されているところからすれば（『古事談』によれば、白河院と璋子との間に密通があり、崇徳院は実は白河院の子であって、鳥羽院は崇徳院を「叔父子」と称していたという）、白河院は養女である璋子と密通関係があり、血縁関係がないにせよ、擬似的母子相姦と考えられる。さらには、覚法法親王を産んだ師子が白河院から藤原忠実に下賜され、その後忠実と師子との間に生まれた勲子（後に泰子と改名）にも白河院が情交を結んだらしいという点[10]からすれば、母子相姦のことが後深草院の念頭に置かれていたのかもしれないが、ともかく後深草院は〈性の被管理者〉から〈性の管理者〉に変身を遂げたのである。一方、二条は「雪の曙」（西園寺実兼）との恋愛が後深草院との情交以前からあったと考えられるが、父親の死後、後深草院の子を宿している二条は「雪の曙」との間に「心のほかに新枕」（1・二三八）があり、「さしも新枕ともいひぬべく、かたみに浅からざりし心ざしの人」（3・三六一）であったと語られている。[11]

その後、後深草院は例えば異母妹である前斎宮愷子《がいし》内親王への手引きを二条にさせるなど〈性の管理者〉としての立場を二条に対して行使していくわけだが、近衛大殿（鷹司兼平）が二

条を呼び出した時の件は、

⑪（二条ハ）動かで居たるを、「（後深草院ガ）御寝にてある折だに」など、さまざま（近衛大殿ガ）仰せらるるに、「はや立て。苦しかるまじ」と（後深草院ガ二条ニ）忍びやかに仰せらるるぞ、なかなか死ぬばかり悲しき。（後深草院ノ）御後にあるを、（近衛大殿ガ二条ノ）手をさへ取りて、引き立てさせたまへば、心のほかに立たれぬるに、「御伽には、こなたにこそ」とて、障子のあなたにて、（近衛大殿ガ）仰せられ居たることどもを、（後深草院ハ）寝入りたまひたるやうにて聞きたまひけるこそ、あさましけれ。（2・三四四―三四五）

と語られており、後深草院は二条の〈性〉を近衛大殿に贈与したのである。翌日の夜にも、

⑫更けぬれば、また（後深草院ノ）御寝なる所へ参りて、「あまた重ぬる旅寝こそ、すさまじくはべれ。さらでも伏見の里は寝にくきものを」など（近衛大殿ガ）仰せられて、「紙燭さして賜べ。むつかしき虫などやうの物もあるらむ」と、あまりに仰せらるるもわびしきを、「などや」とさへ（後深草院ガ二条ニ）仰せ言あるぞ、まめやかに悲しき。（2・三四六―三四七）

とあって、後深草院から二条の〈性〉が近衛大殿に贈与されたのであるが、そこに〈政治〉と〈性〉との関係が介在しているとも考えられよう。(12)

さらに、異母弟「有明の月」（性助法親王）が二条を口説いているのを後深草院が立ち聞きした後、二条に対して、

⑬「夜べは心ありてふるまひたりしを、思ひ知りたまはじな。我知りがほにばしあるな。（「有明の月」ガ）包みたまはむも心苦し」など仰せらるるぞ、なかなか言の葉なき。（3・三五七）

⑭後夜果つる音すれば、「今宵ばかりの夜半も更けぬべし。隙作り、（「有明の月」ノモトニ）出でよかし」など仰せらるるもあさましきに、……（3・三五七―三五八）

⑮「夜べは更け過ぎしも、待つらむ方（「有明の月」）の心尽くしをなど思ひてありしも、ただ世の常のことならば、かくまで心ありがほにもあるまじきに、主がらのなほざりならずさに、思ひ許してこそ。……」（3・三五九）

と語っているように、「有明の月」と二条との情交を公認し、将来生まれてくるかもしれない「有明の月」と二条との間の子の面倒を見ようと後深草院が述べている点においても、〈性の管理者〉である後深草院が君臨しているわけだが、近衛大殿の場合とは異なり、「有明の月」と二条との間に恋愛関係が生じているのを察知して、

⑯「ただ今しも、（「有明の月」トノ）飽かぬなごりも、後朝の空は心なく」など仰せあるも、……（3・三六八）

⑰「心づきなく、また寝の夢をだに（「有明の月」ト）心やすくもなど（二条ハ）思ふにや」など、あらぬ筋（注―「有明の月」ヘノ恋慕）におぼしめしたりげにて、常よりもげにわづらは

しげなることどもをうけたまはるにぞ、……（3・三六八―三六九）

⑱「ただ一筋に（「有明の月」トノ）御なごりを慕ひつつ、わが御使を心づきなく思ひたる」といふ御端にて起きたまひぬるもむつかしければ、局へすべりぬ。（3・三六九）

と後深草院が何度も皮肉を浴びせかけている点からすれば、後深草院は「有明の月」と二条との関係に嫉妬しているのだといえよう。このように後深草院の二条に対する気持は揺れ動いているのであって、嫉妬したかと思えば、

⑲（「有明の月」ガ）御帰りの後、時過ぎぬれば、（二条ガ後深草院ノ）御前へ参りたるに、「扇の使はいかに」とて笑はせおはしますをこそ、例の心あるよしの御使なりけると知りはべりしか。（3・三七二）

とあるごとく、後深草院は「有明の月」と二条との逢瀬を設定しているのである。とすれば、〈性の管理者〉としての後深草院は完璧にそれになりきることはできず、中途半端な立場にいる者として語られていることになろう。「有明の月」の死後も、後深草院が、

○面影もなごりもさこそ残るらめ雲隠れぬる有明の月（3・三九一）

○面影をさのみもいかが恋ひわたる憂き世を出でし有明の月（3・三九四）

の歌を二条に詠んでいる点に表象されるように、後深草院は嫉妬に凝り固まってゆき、その結果、二条は「色変りゆく御事（注―後深草院の二条に対する心変わり）にやとおぼゆる」（3・三九一

―三九二）のである。とすれば、後深草院は「有明の月」と二条との情交を公認したものの、二人の間に恋が芽生えたために嫉妬を生ずるという事態が招来されたのだ。このように後深草院の心情が流動的なのは、後深草院が〈性の管理者〉として考えている範囲を「有明の月」と二条とが逸脱してしまったということではなかろうか。すなわち、二人の間に〈遊び〉ではなく〈本物の恋〉が展開してしまったのを後深草院が察知したということであり、後深草院と二条との関係は終焉に至らざるをえないのであって、「有明の月」との関係が直接的な原因ではないにせよ、二条は院御所追放という状況に追い込まれたのだ。やはり、後深草院は自分が優位な立場にあって二条を他者に贈与するという〈性の管理者〉でなければならなかったのだ。

　さらに、「有明の月」との恋愛の最中、亀山院が二条を所望する件は、次のように語られている。

⑳按察の二品のもとに御渡りありし前の、「斎宮へ入らせたまふべし」など申す宮（亀山院皇女）をやうやう（後深草院ガ）申さるるほどなりしかばにや、「御そばにさぶらへ」と（後深草院ガ二条ニ）仰せらるるともなく、いたく酔ひ過ぐさせたまひけるほどに、御寝になりぬ。御前にもさしたる人もなければ、「ほかへはいかが」とて、御屏風後ろに、（亀山院ガ二条ヲ）具し歩きなどせさせたまふも、（後深草院ガ）つゆ知りたまはぬぞあさましきや。（3・三七七―三七八）

とあり、亀山院の姫宮を後深草院が所望している事情があるからこそ、後深草院は亀山院と二条との情交を黙認し、そこに交換の意味が内包されているとも考えられようが、

㉑「亀山院の御位のころ、傳にてはべりし者、六位に参りて、やがて御すべり（注―亀山帝の退位）に、叙爵して、大夫の将監といふ者伺候したるが道芝して、夜昼たぐひなき（亀山院ノ二条ニ対スル）御心ざしにて、この御所ざま（注―後深草院）のことは（二条ハ）かけ離れゆくべきあらましなり」と申さるることどもありけり。（3・三九五）

とあるごとく、亀山院と二条とが接近しているという噂が生じて交換の範囲を逸脱したことと、やがて持明院統に関わる隠微な政治的確執が根底に伏在していたことと相俟って[13]、後深草院が二条に対して「御心の隔てある心地す」（3・三九七）るようになったのではなかろうか。それは後深草院にとって自尊心が傷付けられたものであるがゆえに、二条が院御所を追放されることへと脈絡していくのだと考えられよう。

二条は院御所を出奔してから、出家して諸国を行脚するわけだが、偶然にも石清水八幡で後深草院と遭遇した後、伏見御所で後深草院と一夜を語り明かすことになる。その折、後深草院から次のような発言がある。

㉒「……東、唐土まで尋ねゆくも、男は常のならひなり。女は障り多くて、さやうの修行かなはずとこそ聞け。いかなる者に契りを結びて、浮き世を厭ふ友としけるぞ。一人尋ねて

は、さりともいかがあらむ。……」（4・四七七）

と二条の男関係への疑惑が語られているが、[14] それに対する二条の否定的発言にも、

㉓「修行の折のことどもは、心清く千々の社に誓ひぬるが、都のことには誓ひがなきは、古き契りの中にも改めたるがあるにこそ」と、またうけたまはる。（4・四八〇）

と後深草院が重ねて疑問を発しているごとく、出家後の二条に対しても〈性の管理者〉として君臨したかったのだ。

とすれば、『とはずがたり』という作品は、後深草院が〈性の管理者〉という立場から二条の〈性〉を管理しようとしていかにもがいたのか、また、二条の〈性〉が後深草院からどのように管理されようとしたのかが赤裸々に点綴された二人の《性史》でもあったのだ。

おわりに

以上のように、『風に紅葉』の大将と『とはずがたり』の後深草院は、〈性の被管理者〉から〈性の管理者〉へと移行していく過程が語られているという点において、近似しているのである。両者とも〈性の管理者〉としての立場に立脚した場合には、例えば自分が所有している女を他者に贈与するわけだが、〈性〉の贈与に対する照射は〈性の管理者〉と〈性の被管理者〉

との相関関係を暴き出すことであり、そこに一種の〈遊戯性〉もしくは〈ゲーム性〉が内包されているものと理解すべきだろう。このような〈性の管理者〉と〈性の被管理者〉との落差に照射しているのは、『風に紅葉』と『とはずがたり』の特色と考えられるわけだが、そこに両作品の内容の近似性や同時代性を見るべきだろう。

ちなみに、両作品の成立時期が問題となるが、それらの成立の前後関係は不明としかいいようがない。

注

（1）市古貞次「『かぜに紅葉』について」（『中世小説とその周辺』に所収　東京大学出版会　一九八一・11。初出、一九五九・5）は、『とはずかたり』において、後深草院が寵愛した女性（二条）を他の男と契るように仕向ける件は、『風に紅葉』で、男主人公が遺児若君に正妻一品宮と契るように誘導する件と一脈通じるものがあると指摘している。また辛島正雄（「校注『風に紅葉』―巻二―」「文学論輯」三十七号　一九九二・3）も、一品宮と遺児若君との関係は、大将の監視・指導のもとで行われ、『とはずがたり』巻三における二条と「有明の月」（性助法親王）との関係が、後深草院の監督下で行われているのを想起させると述べている。

（2）『中世王朝物語・御伽草子事典』（勉誠出版　二〇〇二・5）によれば、『風に紅葉』の成立時期は、樋口芳麻呂「「かぜに紅葉」の典拠について」（「愛知大学国文学」八号　一九九六・12）が提案した南北朝成立説が内部徴証から有力な考えであるとする（鈴木泰恵執筆）。

（3）辛島正雄「校注『風に紅葉』—巻一—」（「文学論輯」三十六号　一九九〇・12）。

（4）関恒延『風に紅葉』（遊戯社　一九九九・1）が同様な解釈をしている。

（5）女装は遺児若君の意志ではなく、住吉社総官の「『ことのさまもと思ひ給へて、ただ女房の御さまにてなんあらせたてまつる』」（1・三九。上・三六）という発言にあるように、遺児若君は女装させられたわけだから、〈性の被管理者〉であるともいえよう。なお、辛島正雄は亡き異母兄権中納言に男子があったことが知れると、関白家の後継者争いの火種になる可能性を懸念したのではないかと考えている（注（3）前掲論文）。

（6）大将の父親に対するありようは、「親をだに従へきこえ給へれば」（2・六二。下・六三）、「げにげにしう（大将ガ父親ニ）聞こえ給ふことをば、（父親ハ）え否びきこえ給はぬならひになりおきにければ」（2・一〇七。下・一〇八）と語られている。

（7）詳細は拙著『物語文学集攷—平安後期から中世へ—』第二部の［二十一］（新典社　二〇一三・2）を参照されたい。

（8）『中世王朝物語全集⑮風に紅葉　むくら』。なお、関恒延（注（4）前掲書）も「こんな思いの私（私云、前斎宮）以外には、皆思いがかなわないで死に向かってしまうようなことはないだろうから、これから先が不安でたまらないと思うのであった」と訳し、前斎宮の心中が語られたものと解釈している。

(9)入内する公子を迎えるに先立って、後深草院が故典侍大に〈性〉の手ほどきを受けたのではないかとする(『中世日記紀行文学全評釈集成』第四巻『とはずがたり』注　勉誠出版　二〇〇〇・12)。

(10)美川圭『白河法皇』(NHKブックス　二〇〇三・6)を参照。『源氏物語』の成立とほぼ時を同じくして、花山院は出家後、乳母の娘で若狭守祐忠の妻である中務とその娘平子と情交し、二人とも懐妊させた母子相姦事件が『栄花物語』(巻四「みはてぬゆめ」)に記されており、当時において衝撃的な出来事であったと思われる。これに関しては、今井源衛『花山院の生涯』(桜楓社　一九六八・7)に詳しい。なお、最近の小説では渡辺淳一『桜の樹の下で』が母子相姦を取り扱っている。

(11)後深草院が父雅忠に二条への求婚を示唆した後、「雪の曙」から衣服が二条に届けられたが、その中に「『昨日の雪も今日よりは跡踏みつけむ、行く末』」(1・一九六)という手紙があり、岩佐美代子(「『とはずがたり』における和歌表現―「衣」をめぐる考察―」『女流日記文学講座』第五巻　勉誠社　一九九〇・5)は、「この雪の夜の九献の式の当夜、すでに曙と、内祝言とも言えるひそかな契りを交わしていた」と考えている。

(12)金善花「『とはずがたり』論―宮廷女房の〈性〉と暴力―」(『古代文学研究』〈第二次〉十一号

二〇〇二・10)。

(13)高島藍「『とはずがたり』における両統迭立—禁色の唐衣を視座として—」(大阪大学古代中世文学研究会編『皇統迭立と文学形成』和泉書院　二〇〇九・7)は、後深草院が持明院統勢力回復のために二条を近衛大殿に贈与したのと同様に、阿部泰郎の論「『とはずがたり』の王権と仏法—有明月と崇徳院」(赤坂憲雄編　叢書『史層を掘る』第三巻　新曜社　一九九二・5)を引用して、「有明の月」との恋も持明院統勢力回復のために後深草院が黙認したとし、〈王権〉と〈性〉との関わりを論じている。

(14)父親は遺言として二条に「『髪をつけて好色の家に名を残しなどせむことは、かへすがへす憂かるべし。ただ世を捨てて後は、いかなるわざも苦しからぬことなり』」(1・二二七)と述べているように、出家後における男関係は問題にならないとしている。

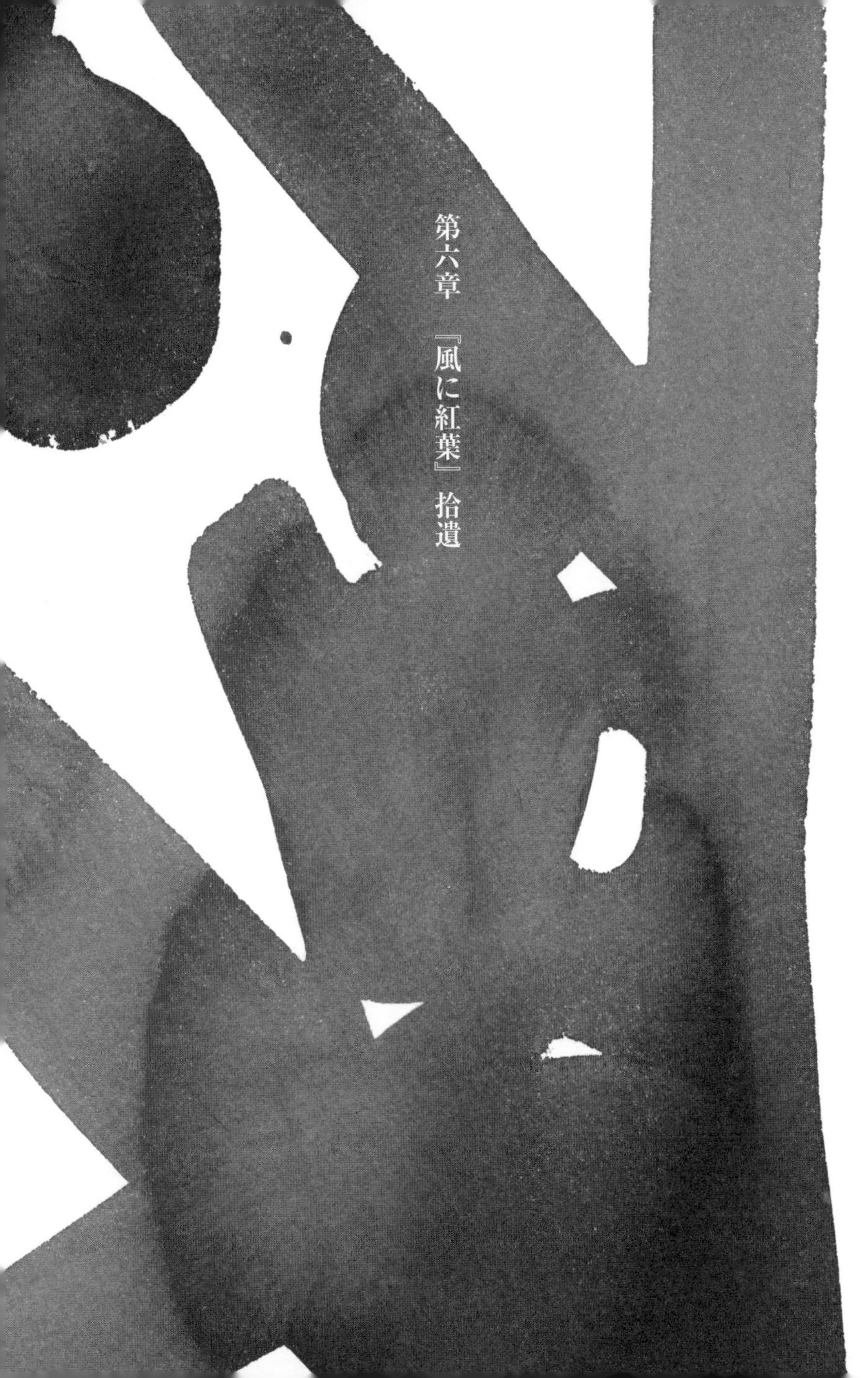

第六章　『風に紅葉』拾遺

鈴木泰恵との共編著『校注　風に紅葉』（新典社　二〇一二・10。以下、共編著と称する）を刊行したが、頭注のスペースの関係上、充分意を尽くせなかった個所があったために、それらの補足説明をするとともに、その後訂正を含め新たにいくつかの問題点を見出したので、それらに対して愚考を示しておきたい。

参照した注釈書類は左記のものであるが、略記号で示すことにする。

Ⓐ辛島正雄「校注『風に紅葉』―巻一―」（「文学論輯」三十六号　一九九〇・12）
Ⓑ辛島正雄「校注『風に紅葉』―巻二―」（「文学論輯」三十七号　一九九二・3）
Ⓒ関恒延『風に紅葉　依拠物語　本文　総索引』（遊戯社　一九九九・1）
Ⓓ中西健治　校訂・訳注『風に紅葉』（中世王朝物語全集15に所収　笠間書院　二〇〇一・4）

一　『夜の寝覚』の影響

巻二冒頭で男主人公大将（後に内大臣となるが、以下、大将と称する）の父関白に対する提言によって、父親の兄太政大臣に関白職が移譲され、その北の方の継子梅壺女御が立后した記事の後に、

①殿の上（北の方）は二品の位賜りて、中宮（梅壺女御）の御母の儀式にて、輦車許りて参り

まかでし給ふに、隈なき上（帝）は御覧じて、限りなう御心移させ給へりけるよし、内大臣（大将）も聞き給ひて、をかしう思しけり。（2・五七。下・五七―五八）

とあるように、北の方が参内したところ、帝の眼にとまったと語られている。傍線部では帝の好色性が照射されており、それ以前においても「上は隈なうおはしまして、采女が際までも、容貌をかしきをば御覧じ過ぐさず」（1・一四。上・一二）や「上はげに御色好みにて」（1・三三。上・三〇）とある点からも、帝の好色性が強調されている。この記事は以下に述べるごとく、『夜の寝覚』における帝と寝覚君との状況が影響を及ぼしていると考えられる。中間欠巻部分によれば、帝は寝覚君の入内を切望していたものの、父入道に謝絶された後、寝覚君は男主人公の子（まさこ君）を身ごもったまま老関白と結婚することになる。その老関白の死を契機に寝覚君を恋慕していた帝は改めて寝覚君に尚侍として参内することを求めたが、彼女はそれを固辞し、巻三でその代わりとして老関白の長女が尚侍となり、その付き添いとして寝覚君も参内することになる。そのような状況のもとで、男主人公の寝覚君への恋慕を断ち切って、男主人公と結婚している大皇宮所生の女一宮への愛情を呼び戻そうとする目的で、大皇宮は帝に寝覚君を垣間見させ、執着させる策略を用いるのである。その結果、帝は寝覚君のもとに闖入するものの、寝覚君に拒絶される。これは帝が継子の長女の尚侍ではなく、その継母に当たる寝覚君を恋慕するという話筋であり、『風に紅葉』の帝も梅壺女御（後に中宮）ではなく、継母北の方を恋慕するという話筋と類似しているのだ。と同時に、帝と北の方の継子である梅壺女御と、長女の尚侍との情交は当然推測されるものの、帝の、継母である北の方と寝覚君との情交はなく、あくまでも恋慕で終わっている状況とが両作品において類似している点を看過すべきではなかろう。以上のことから、『夜の寝覚』の話筋が『風に紅葉』のそれに影響を与えていると考えるべきではなかろうか。

二　『堤中納言物語』「はなだの女御」と「花桜折る少将」との関係

㋑「はなだの女御」との関係

大将は二月に太政大臣邸の梅見の宴に招かれ、北の方と情交を結んだ後、三月上旬を過ぎた夜、内裏からの帰途、太政大臣邸を訪れたところ、琴の音にひかれて、北の方をはじめ、継子に当たる梅壺女御・麗景殿女御や、実の娘である小姫君を垣間見る件が語られている。この記事はある好色者の男が「やむごとなきところにて、物言ひ懸想せし人は、このごろ里にまかり出でてあなれば、まことかと行きてけしき見むと思」って、垣間見したところ、二十余人の姉妹たちが一堂に会し、自分たちの仕える各々の女主人を花になぞらえて談話していた「はなだの女御」の個所と類似している。とすれば、一人の女性だけを垣間見したのではなく、数多くの姉妹たちを垣間見たという点において、両作品の関係が考えられるのではないのか。

㋺「花桜折る少将」との関係

大将は再訪した聖の「『明けん年、君の限りなき御慎みなり。心ばかりは祈誓し申しはべればにや、助からせ給ふべきよしの夢想は侍りしかど、大きなる御嘆きなどや侍らん。なほも御心許しはべるまじくなん』」（2・六三。下・六四）という警告を受けて、加行に専念しようとして、暇乞いのために承香殿女御のもとを訪れた件は次のように語られている。

②（大将ハ）こぼるる涙をためらひつつ、入りおはしたれば、例の空薫物の薫り心にくうくゆり満ちて、冴えたる月影隈なうさし入りたるに、御褥さし出でたり。近頃はかやうにことごとしきさまにもなかりしを、心づきなさにしなさるるよ、とほほ笑まれ給ひて、用意ことに振る舞ひ給ひつつ、「宵の間に明けぬるにや、と過たれはべる月影に、いとどまばゆき御もてなしこそ」と（大将ガ女御付キノ女房デアル宰相の君ニ）のたまへば、……（2・七九。下・八〇—八一）

とある傍線部は既に共編著の頭注に「夜が明けていないのに明けたと勘違いされる月の光の状況は、『花桜折る少将』の冒頭と類似する」と指摘しておいたわけだが、少々説明を付け加えておくことにする。それは、

③月にはかられて、夜深く起きにけるも、思ふらむところいとほしけれど、たち帰らむも遠

きほどなれば、やうやうゆくに、……

の個所を念頭に置いて語られていると考えられる。中将は途中で気が付いて、現在進行中の女のもとに引き返すこともできたわけだが、そうしなかったのは、この女は中将にとって愛情の対象となるような女ではなく、性の対象にすぎなかったのではないのか。それは、承香殿女御が大将に首ったけで、「(大将ハ)心に入れずは見えじ、と折を過ぐさず訪れなどはし給へど、こなた(注—承香殿女御)の御心ざしの十が一だにあらじとぞ見ゆる」(1・三二。上・二九)とあるごとく、大将にとって承香殿女御は愛情を向けるべき対象ではなく、あくまでも性の対象者にすぎなかったのだ。そのような意味において、現在進行中の女と承香殿女御とは同じ範疇の女だったのであり、そこに『風に紅葉』の該当個所における「花桜折る少将」の冒頭部分摂取の意味を読み取っておく必要があろう。

＊　＊　＊

ちなみに前述の三作品のうち、文永八年(一二七二)に成立した『風葉集』に物語中の歌が採られているのは「花桜折る少将」のみである。それは、

④　花の散るころ、人のまうできたりけるに　　花桜折る中将
　散る花を惜しみおきても君なくはたれにか見せむ宿の桜を

とあり、詠者名が「少将」ではなく、「中将」とあって、問題が残るものの[1]、前述した『風に

紅葉』の引用文②の傍線部の個所は「花桜折る少将」の影響を蒙っていると考えておいて差し支えなかろう。ところで問題となるのは、『風に紅葉』と「はなだの女御」との関係についてであるが、『風に紅葉』の成立年代を明確にはしがたいものの、南北朝期頃であると推定されている。(2) 一方、「はなだの女御」の成立は諸説が提示されてはいるものの、(3) 決定には程遠い現状である。『風に紅葉』と「はなだの女御」との成立の前後関係は不明であるといわざるをえないが、現在のところ、「はなだの女御」が『風に紅葉』に先行したと考えておいた方が蓋然性が高いのではないかと推察される。

三　遺児若君の造型―『源氏物語』の影響を中心に―

大将は妹の宣耀殿女御（後に弘徽殿中宮）が二度目の懐妊をして、衰弱した結果、唐から帰朝した効験のある聖に加持祈禱を依頼するために、難波に赴いた際、亡き兄権中納言の遺児若君に出会った折の印象は、

⑤限りなううつくしげなる女のささやかなるぞ居たる。いと覚えなくて、近く寄りて見給へば、十一、二ばかりなる人の、白き衣に袴長やかに着て、髪の裾は扇を広げたらんやうにをかしげにて、容貌もここはとおぼゆる所なく、一つづつうつくしなどもなのめならず。

さるは、我が御鏡の影、女御などにぞおぼえきこえたる。（1・三九。上・三五）

と語られ、大将は遺児若君との同性愛に耽った後、都に連れ帰ることになる。ところで『源氏物語』若紫巻において、光源氏は瘧病に対する加持を施してもらうために、お忍びで北山の聖のもとを訪れるわけだが、そこで小柴垣のある瀟洒な建物を垣間見した折の描写は、

⑥きよげなる大人二人ばかり、さては童べぞ出で入り遊ぶ。中に、十ばかりやあらむと見えて、白き衣、山吹などの萎えたる着て走り来たる女子、あまた見えつる子どもに似るべうもあらず、いみじく生ひ先見えてうつくしげなる容貌なり。髪は扇をひろげたるやうにゆらゆらとして、顔はいと赤くすりなして立てり。

とあり、光源氏は紫上に釘付けになる。引用文⑤と⑥の傍線部における遺児若君と紫上とに関する類似的表現により、『源氏物語』若紫巻が『風に紅葉』に影響を及ぼしていると考えられる。その後、光源氏は紫上の祖母尼君に彼女を都に引き取りたい旨を申し入れるが、紫上が幼少だという理由で固辞され、祖母尼君の死後、紫上の父兵部卿宮に引き取られる寸前に、二条院に拉致した結果、「（光源氏ガ）ものよりおはすれば、（紫上ハ）まづ出でむかひて、あはれにうち語らひ、御懐に入りゐて、いささかうとく恥づかしとも思ひたらず」と語られている。これは「『苦しきに、いざ休まん』とて、（大将ガ遺児若君ヲ）かき抱きて臥し給へば、疎く恐ろしげも思はず、うち笑みてかいつきて寝給へり」（1・四〇—四一。上・三七）と語られているのと同

趣の状況であると考えることができよう。このように、北山と住吉で暮らしている人物（紫上と遺児若君）が男主人公（光源氏と大将）に引き取られて溺愛され、性別の違いはあるが、二人ともまだ成人以前であるという点からも、話筋の類似性を見るのである。

さらに巻一の巻末近くで、大将が遺児若君を溺愛する件は、

⑦（大将ハ）この君（遺児若君）をうちも置かず、「いで、鉄漿つけたる口見ん。今少しをかしげにこそ見ゆれ。いづくにても久しうなれば、待ちやすらん、など心に離れぬこそ。これぞほだしなるべき。……」（1・四九。上・四六）

とあり、大将にとって遺児若君は離れることのできない足かせであると語られているのだ。この傍線部「ほだし」なる語は、光源氏が雲林院で経文を学習して二条院に帰ることは面倒になったけれども、「人ひとりの御事思しやるがほだしなれば、久しうもえおはしまさで、寺にも御誦経いかめしうせさせたま」（賢木巻）うて、結局帰ることになる件においても用いられている。傍線部は光源氏が紫上を恋慕する気持ちが持続して、それが障害となって雲林院に滞在できないと語られているのだ。とすれば、大将と光源氏にとって遺児若君と紫上が切っても切れない関係であったと考えられ、遺児若君の造型と紫上のそれとの類似性を見るのである。

また、大将が遺児若君を妹の宣耀殿女御と対面させる件は、

⑧「あなた（注—一品宮）におはすると、（宣耀殿女御トデハ）いづれかまさりて見たてまつる」

と（大将ガ遺児若君ニ）のたまへば、（遺児若君ハ）うち笑みて、「それ（注—一品宮）もよくおはすれど、これ（注—宣耀殿女御）はなほ類なくこそ。君に似給へるは、同胞な」とのたまふ。……（遺児若君ハ）ただ女のやうにてまことにうつくしう、（宣耀殿女御ガ遺児若君ヲ）鬢《びん》らまほしければ、（遺児若君ノ）眉作りなどは（宣耀殿女御ガ）御手づからせさせ給へば、（遺児若君ハ）御手をばみなねぶりまはし給ふ。「かく性なくは、今はいろはじ」とて、ⓐ大納言の君にせさせ給へば、「今はさせじ。御手づからせずは泣かんぞ」ⓑとて、大納言の君の手をばへし除け給ふ。（1・四六—四七。上・四三—四四）

とあり、傍線部ⓑのように、遺児若君が大納言の君ではなく宣耀殿女御に眉作りをしてもらいたいために、女御に対して積極的な態度を取るわけだが、これ以前に太政大臣邸における梅見の宴の件でも同様な描写がなされている。すなわち、

⑨「御賭ひを宮仕ひ初めにも、それや」と、大臣の上（北の方）に聞こえ給へば、（北の方ハ）居ざり寄りて、銚子取りて奉り給へば、ⓓ大将居直りて、ⓒ色許りて見ゆる女房を、「こちや。いかが、さることは」とのたまへど、（北の方ハ）なほ押さへて奉り給ふを、……（1・二〇。上・一七）

とあるごとく、北の方が大将に積極的な振舞いをするわけだが、それは直前に太政大臣が北の方との間に生まれた小姫君の世話を大将に依頼したので、「（小姫君ヲ）うち見やりきこえ給へ

る（大将ノ）匂ひ、有様に、魂もやがて消え惑ふばかり、現し心もなくぞ上（北の方）はおぼえ給ふ」（1・二〇。上・一六）と大将に恋慕しているからこそ、傍線部ⓓのように、北の方は積極的な態度に出たのだ。その結果、

⑩酔ひ少し進みぬるまめ人（注―大将）の御心もいかがありけん。夕月夜の影はなやかにさし入りて、梅の匂ひもかごとがましきに、姫君（小姫君）の御新枕にはあらで、あやしの乱りがはしさや。（1・二二。上・一七）

とあるように、大将と北の方との間に密通が成立する。一方、引用文⑧の二重傍線部のごとく、遺児若君が宣耀殿女御の美しさを認識したからこそ、[4]宣耀殿女御の手を積極的になめまわしたことと前述の大将に対する北の方の行動の積極性とが関連してくるのではなかろうか。とすれば、遺児若君と宣耀殿女御との間には密通の可能性が招来されてくるのではないのか。そのうえ、引用文⑧⑨には類似点が看取される。大将に対して積極的な行動を取る北の方と宣耀殿女御に対する態度が積極的な遺児若君とが対応していると同時に、北の方と遺児若君の代替者である「色許りて見ゆる女房」と大納言の君とが各々対応しているのであって、いわば二組の人物が対応関係にあるという点を見過ごすべきではなく、前述の二つの記事における類似性を注視すべきだろう。ちなみに、密通の可能性という点では、[5]野分巻で野分の余波のために簾がめくれ上がった瞬間に夕霧が紫上を垣間見て虜になる点を重視すべきだろう。そのように考えれ

ば、遺児若君と宣耀殿女御との間に密通の可能性が大きくなるはずだ。

さらに、密通の可能性という点に注目すると、帝が中宮（後に女院）を大将から隔離したことが執拗に語られており、それらは、

⑪この（一品宮ノ）御さまをも中宮の常にも見きこえ給はず、うとうとしきを、大将は、などかくはおはしますぞ。心つけ顔に上（帝）の（中宮ト大将ノコトヲ）思し疑ふなるぞをかしき。思ひ寄るほどのことかは。七、八ばかりにて（大将ガ）童殿上して参り給へりける折、つくづくと目離れなくまもりきこえ給へりけるを、上の御覧じて、「心のつかんままに、誰がためもよしなし」とて、御入り立ちは放たれ給ひにけり。（1・三四。上・三〇—三一）

⑫「なにがしは幼くて、中宮をつくづくと見きこえたりけるにこそ、（帝ガ）『行く末推し量らる』とて、長く御入り立ちは離れきこえたれ。この有様（注—遺児若君が宣耀殿女御に添い寝をしたこと）、春宮の御前にて人々学びきこえ給ふな。（春宮ハ）いかにも悪しく思さんぞ。されど、これ（注—宣耀殿女御と遺児若君）は御同胞（注—大将は遺児若君を父関白の子として披露している）なれば。大臣（注—大将の父関白）は中宮にもさてこそおはすめれ。なにがしが一つ隔てある身になりて、もの狂ほしく、御子と同じほどなるものを、思し疑ふ上（帝）の御心こそけしからね。されど、げにすぐれ給ひなん人（注—女性）は、見ん人（注—夫）苦しかるべし」とて、（大将ガ遺児若君ヲ）うち見やりきこえ給へば、……（1・四八。上・四五）

⑬皇太后宮（もとの中宮）の御あたり、（院ガ）例の雲居はるかにもてなさるるを、（大将ハ）いとものし、と思しつつ、女宮（一品宮）に「かやうになれば、さもありぬべきことからと、心も尽きておぼゆる。同じくは、さらばこのほどに導かせ給へかし。御鏡の影に似きこえさせ給へりや」などのたまひゐたれば、……（2・五八。下・五八）

とあるわけだが、三例の引用文の傍線部から理解できるように、帝は美貌の中宮とその甥に当たる大将との密通の不安に駆られて、大将の中宮への接近を禁じたのだ。これは桐壺更衣の死後、桐壺帝のもとに藤壺が入内するわけだが、光源氏が元服してからは「ありしやうに、（藤壺ノ）御簾の内にも入れたまはず」とあるように、元服以前には桐壺帝が光源氏を藤壺のもとに連れて行ったことに対する反措定であると考えられよう。その藤壺は「いと若ううつくしげにて、切に隠れたまへど、おのづから漏り見たてまつ」（以上、桐壺巻）り、典侍が藤壺は光源氏の亡き母桐壺更衣に相似していることを話したことと相俟って、藤壺への恋慕を募らせ、密通に至るのである。帝が大将を中宮に近付けないようにしたと語られている根底には、光源氏と藤壺とのことが念頭に置かれていたからだ。

ところで、『風に紅葉』において大将と太政大臣北の方・梅壺女御・承香殿女御との密通を〈女すすみ〉の状況と絡ませて語られており、さらには、大将と中宮、遺児若君と宣耀殿女御との密通の可能性が語られているわけだが、それは数の上からもはるかに『源氏物語』を凌駕

しており、いわば『源氏物語』の密通を先鋭化したのが『風に紅葉』ではなかったのか。(6)

四　大将と前斎宮との関係

斎宮の役目を終えて出家した前斎宮が琴の名手であるために、一品宮所生の姫君にそれを教授してもらう目的で前斎宮を自邸に招いたところ、大将に恋慕した前斎宮の顕著な態度が見受けられ、一品宮もそれを看取し、大将自身も不審に思っていたので、一品宮に対して次のような発言をする。

⑭「いかにも魔縁のしわざとおぼゆる。これほど色も情けもなく、女をば恐ろしげにのみ振る舞ふが、なかなか珍しくて、尼衣の袖ひきさかけんと思すにや。げにちと申しかかりて後には、教化したてまつらんよ」とて、笑ひきこえ給ひつつ、……（2・五九―六〇。下・六〇）

この傍線部の解釈として、

Ⓒ普通の女よりかえって珍しくって、尼の法衣の袖を共に掛けて後朝をとお思いなのですか？

Ⓓこれほど色も情もなく、女性を恐れているようにばかり振る舞っているのが、かえって珍しくて、尼衣の袖をひきかけようとお思いなのだろうか。

と訳されている。Ⓓの考えに近いが、

※前斎宮は出家の身であるので、好色の気持ちはさらさらなく、私が女性を恐れているような態度を示しているから、前斎宮は珍しいことだと思ってかえって安心して、私に近付こうとお思いなのだろうか。

という試解を示しておくことにする。

さらに、大将は前斎宮が考えていた清浄な生活を送るように悟した後に、

⑮（前斎宮ハ）身に染みて恥づかしう、「思ひ返さば」の御言の葉（注—この記事の直前における大将の前斎宮への返歌「かりそめの色に心を移さじと思ひ返せば返るならひを」の第四句）より、時の間に乱れける御心もひき直されて、あな恥づかしや、と思しなられ給ひぬれど、いかさまにも常に（大将ニ）向かはまほしう懐かしき御心は失せず。我ならぬ人はさてや果てまし、と行く末も後ろめたう思ひきこえ給ふ。（2・六一。下・六二）

と語られている。この傍線部中の「御心は失せず」に関してⒷⒸⒹいずれもが「御心は失せず、」と読点としているが、以下に述べるごとく句点として考えるべきだろう。すなわち、「御心は失せず」までは前斎宮の心的状況が語られているのに対して、「我ならぬ人は」以下は大将の心中思惟が語られていると考えるべきではなかろうか。したがって、「失せず」を境に主語が前斎宮から大将に移行しているのを見過ごすべきではなかろう。というのは、敬語の使用状況に照射していくと、例えば、

○大臣（大将）御心に入りたること（注―姫君の琴の教育に熱心なこと）にて、さし過ぎ（前斎宮ニ）気近く参り給ふを、……（2・五九。下・五九）

○「さても御裳濯川の流れ清かりし御身なればとて、……」と（大将ガ前斎宮ニ）聞こえ給ふに、……（2・六〇。下・六〇）

○（前斎宮ガ）帰り渡り給ふにも、（大将ハ）様々の御贈り物たてまつり給ふ。（2・六一。下・六二）

などとあるごとく、大将の前斎宮への動作に対してすべて謙譲語が用いられているからだ。その点から考えると、引用文⑮の傍線部の最後「後ろめたう思ひきこえ給ふ」には謙譲語「きこえ」が用いられているのであって、やはり大将が前斎宮のことを「思ひきこえ給ふ」と理解しなければなるまい。とすれば「我ならぬ人は」以下は、

Ⓓ「私以外の女なら、このままでは終わるまいに」と、将来の我が身も不安なほどに思い申される。

と解釈すべきではなく、

※私以外の男なら、このまま終わらずに前斎宮に手を出していただろうにと、大将は前斎宮の将来を不安にお思い申し上げる。

としなければなるまい。したがって、共編著の「＊我ならぬ人はさてやは果てまし」の頭注と

して、

「私以外の男なら、このままでは終わるまいに」と男主人公の心中思惟が語られている。男主人公が前斎宮の将来を心配していると考えられる。また「私以外の女性なら、このままでは終わるまいに」と前斎宮の心中思惟として考えることも可能。

と記したが、傍線部分を削除した方が今まで論じてきたことからすれば、妥当であると考えられる。

五　大将と承香殿女御の異母妹の姫君（故式部卿宮の姫君）との関係

大将は聖の警告により加行することになり、今まで関わって来た女性たちに暇乞いをする目的で、里下りをしている承香殿女御の里邸を訪ねる。琴の音がかすかに聞こえる西の対を垣間見したところ、物思いに沈んでいる可憐な姫君を発見して、闖入し、情交を結ぶわけだが、大将にとって姫君は今までの女性たちとは異なり、「鐘の音うちしきるまで立ち出づべき御心地もせぬ」（2・六七。下・六八）とあるように、大将の姫君に対する強烈な恋慕が語られている。その後再訪した時に、大将は女房からその姫君は承香殿女御の異母妹で、院が懸想したために、女御が嫉妬して西の対に姫君を隔離した旨の話を聞く。帰り際に「下に着給へる白き御単衣を、

『この暮れまでの形見に』とて、(姫君ニ)着せたてまつり給ひて、女の御単衣の袖の綻びてまとはれ出でたるを取り給ひて」(2・七〇。下・七一)、帰途につくわけだが、この傍線部に関して次の記事が関わってくるのではなかろうか。

⑯薄色の衣のなよよかなるを着て、琴をば弾きやみて、火をつくづくとながめて、いともの思はしげなるまみのわたり、あはれに懐かしう、らうたげなること限りなし。十二、三ばかりなる童と、また若やかなるとぞ、前に居たるも、なよよかなる姿どももご覧じもならはず、あはれげなり。(2・六五―六六。下・六六)

とあるように、承香殿女御の里邸の「例は人住むとも見えぬ西の対の方」を大将が最初に垣間見る件が大将の視線から語られている。二つの波線部「なよよかなる」は「着なれて糊気が落ちた装束」で、姫君と女房たちが「冷遇されていることを暗示する」(以上、Ⓑ)とする考えがあるように、古びた衣装であるがゆえに袖が綻びたと考えられると同時に、「ほどなく明けゆく気色なり」(2・七〇。下・七一)とある点から、大将は通常と異なって夜明けまでこの姫君のもとに滞在したのである。それは大将の姫君への恋慕の表象であると同時に、明け方近くまでの激しい情事によって姫君の衣装が綻びたことが暗示されているのではなかろうか。(7)

ところで前述したごとく、大将は姫君の置かれている状況をある程度察知はしているものの、女房の口から「『去年のこの頃より、煩はしきこと出で来はべりて、かく離れたる方におはします。斎院（注―承香殿女御所生の女二宮）へ（姫君ヲ）渡しきこえんとぞはべる』」という情報を得ているわけだが、傍線部「煩はしきこと」とは院の姫君への接近を想定しておくべきだろう。というのは、その直後に語られている大将の発言「『采女、主殿司までご覧じ過ごさず、隈なき院の御心地にさぞ思されつらん。さりながら、三瀬川は、言ふかひなき身にたぐひ給ふべかりけるこそ』」（以上、2・七〇。以上、下・七二）によって、院の好色性が取り上げられているからだ。だが、この発言の中で大将が姫君との「三瀬川」に触れているところから、「『三瀬川』は三途の川。女は、死後この川を渡る時、初めて契りを交わした男に背負われて渡る、という俗信があった。姫君がこれまで処女であったことをいう」Ⓑと指摘されているように、院は姫君に手を付けていないことが理解される。とすれば、大将が「三瀬川」を口にしたことは、院に対していわば姫君の処女を奪取したという大将の優位宣言ではなかったのか。というのは、大将の「三瀬川」発言は帝によるあてがいぶちの一品宮降嫁への屈辱を大将は晴らそうとしたものであると考えられるからだ。その根底には帝によって大将の〈性の管理〉がなされてきたことに対する反発が内包されていたのではなかったのか。それゆえに、大将自身が初めて自分の方から〈女〉に対して積極的な行動を取ったのであって、いわば大将が〈性の被管理者〉から〈性の管理者〉へと転換した契機をもたらしたのがこの姫君であった点を看過すべきではなかろう。だからこそ、大将は自分の管理のもとで姫君を隠れ家に置こうとしたのだ。その結果、大将の「珍しう二夜続きたりし御夜離れ」を経験した一品宮は「色変はるけしきの森は身一つに秋ならねどもあきや来ぬらん」（以上、2・七三。以上、下・七四）の歌を手習い書きしたのだ。もちろん傍線部「あき」には「秋」と「飽き」とが掛けられてはいるが、実はこの歌は大将が聖の警告により加行を始める予定であると一品宮に報告した折に、一品宮が詠んだ「同じくは我先立たむ長らへば変はる心の色を見ぬ間に」（2・六五。下・六五）という歌の波線部が「色変はる」歌のそれに移植されたのであり、一品宮は直感で大将との離別を感じ取っていたのではないのか。と同時に、姫君が行方不明となった後、〈性の管理者〉という立場を喪失した大将は遺児若君に半ば強制的ともいえるような形でその立場を行使して、一品宮との情交を遂げさせた結果、一品宮は懐妊し、若君を出産後、苦悩のために死去するのであって、大将は正妻一品宮と「まことの恋の道ならん」（2・七八。下・八〇）姫君を喪失するのである。とすれば、大将の人生史は「風に紅葉の散る」（1・一一。上・八）ごときはかないものであったことが表象されているのであり、巻一冒頭で結末が暗示されているのだ。(8)

六　大将と承香殿女御との関係

大将は恋慕する姫君が行方不明になった後、聖の警告により加行を始めることになり、承香

殿女御を暇乞いのために訪問することになる件は、

⑰「この世に侍らんことも、むげに残り少なきやうに申し聞かする者の侍るにつきて、しばし籠りゐはべりて、行ひはべるべきいとま申しになん。㋑大方、世のあぢきなさこれを限りにてもや」など（大将ガ承香殿女御ニ）聞こえ給ふには、（女御ハ）せきあへずかなしうおぼえ給ふ。

「限りぞと思ひ思ひてたまさかに待ち見るほどぞ置き所なき㋺命長さの例は、譲りきこえさせん」とも（女御ハ）言ひやり給はず。

思はずになほ長らへば折々に隔て果つべき契りならぬを（2・七九―八〇。下・八一）

と語られている。大将は今まで関係のあった女性たちを暇乞いのために訪れるわけだが、その最初の訪問先に、太政大臣北の方や梅壺女御をさし置いて、愛情度の薄い承香殿女御が選ばれたのにはいかなる理由があるのだろうか。大将には承香殿女御との寝物語からでも行方不明になった姫君に関する情報を得ようとする目的があったのではないのか。というのは、大将にとって姫君のことが「まことの恋の道ならん」（2・七八。下・八〇）と認識されていたからだ。

ちなみに傍線部㋑に関して、

Ⓒこの〝切ない〟恋は、今日が最後と存じます。

Ⓓ遍く世の中の味気無さも、これを最後として。

と訳されている。大将はどのようなつもりで「世のあぢきなさ」と言ったのか。大将は仏道修行する予定になっているので、

※仏教修行のため、あなたに逢えなくなるのでつまらない。いっそこの逢い引きを最後に出家してしまいましょうか。

と言おうとしたのではないのか。だが大将の本音としては、故式部卿宮の姫君がいない世の中はつまらないからと言いたいものの、それを隠して曖昧な物言いをしているわけだが、この発言は女御にとってかなり手厳しいものだと考えられる。

また、㋺は女御が大将の発言に返答したものだが、

Ⓒ長命のモデルはできることならお譲り申し上げようとも思いますが。

Ⓓ命長さの例は、あなたにお譲り申し上げましょう。

と訳されているが、

※私はあなたに逢えない悲しみのために死んでしまうかもしれませんので、長生きするということはあなたにお譲り申し上げましょう。

と考えるべきではないのか。大将は本音を隠して、女御に対する返歌「思はずに」において、自分が予想外に生きているならば、あなたに逢える可能性もあり、二人の縁が切れてしまったわけではないと女御を慰撫しているのではなかろうか。

七　一品宮死去後の大将に対する女性たちの思い

大将は一品宮死去後に、官職を返上したことにより、院や帝は慰留するわけだが、その記事の後に、

⑱今はさりとも、と過ぐる日数を数へ給ひつる心尽くしの人々の御心の内ども、いと心細し。

（2・一〇七。下・一〇八）

とある。今後大将は加行に邁進していくことが予想されるが、傍線部は、

Ⓑいくら悲しいとは言え、四十九日もすんだことだし、もうそろそろお元気になられるだろう。

Ⓒ今までは目を向けてもらえなかったけれどももしかしたら。

Ⓓ「いくら悲しいとは言え、もうそろそろ」と訳されている。直後に「心尽くしの人々」とあることから、大将を恋慕する女性たちの心中が語られていることになる。女性たちの心中では一品宮死去によって大将との情事が実現できなかったために、〈性〉の渇きを覚えていると考えられるので、

※いくら悲しいと言っても、四十九日も済んだことなので、そろそろ大将が逢いにに来てくれてもよいのでは。

と解釈されるべきではないのか。というのは『源氏物語』で同様な状況が語られているからだ。御法巻で紫上が亡くなった後、幻巻で明石君を訪問した光源氏は「夜更くるまで、かくも明かしつべき夜をと思しながら」も、帰ってしまった翌朝の件は次のように語られている。

⑲つとめて、（光源氏ハ明石君ニ）御文奉りたまふに、

なくなくも帰りにしかな仮の世はいづこもつひの常世ならぬに

昨夜の御ありさま（注—光源氏が明石君のもとに泊まらず帰ってしまったこと）は恨めしげなりしかど、いとかくあらぬさまに、思しほれたる（光源氏ノ）御気色の心苦しさに、身の上はさしおかれて、（明石君ハ）涙ぐまれたまふ。

雁がゐし苗代水の絶えしよりうつりし花のかげをだに見ず

明石君の返歌では「苗代水」は紫上の、「花のかげ」は光源氏の比喩であって、「不訪の源氏への不満をさりげなく言いこめた歌」（新編日本古典文学全集『源氏物語』頭注）と評されている。さらに、葵祭の折、光源氏がうたた寝をしていた召人の中将の君を訪れた件は、

⑳（中将の君が）葵をかたはらに置きたりけるを（光源氏ガ）とりたまひて、「いかにとかや、この名こそ忘れにけれ」とのたまへば、

さもこそはよるべの水に水草ゐめ今日のかざしよ名さへ忘るる

と恥ぢらひて聞こゆ。げに、といとほしくて、

おほかたは思ひすてて世なれどもあふひはなほやつみをかすべき

など、一人ばかりは思し放たぬ気色なり。

と語られているように、中将の君の「さもこそは」の歌の「かざし」には「葵」と「逢ふ日」の意がかけられており、「顧みてくれぬ源氏をさりげなく恨む女歌の典型」（前掲書頭注）と指摘されている。前述の明石君の歌と同様に、この歌も光源氏との共寝願望の気持ちが読み込まれている点に注意すべきであり、これら二人の女性たちの共寝願望を嘆訴した歌が『風に紅葉』の該当箇所に影響を与えたのではないのか。

注

（1）「花桜折る少将」には男主人公として少将なる人物が登場していないために、一般的に中将の誤りではないかと推定されているのに対して、中野幸一「『堤中納言物語』をめぐっての試論―はたして短編物語集か―」（「学術研究」〈早稲田大学教育学部〉四十三号　一九九五・2）は、この題名は中将と呼ばれる主人公の少将時代の物語に付けられたものであって、現存の物語はその一部であり、主人公の中将時代のエピソードを抄出したものだとして、『堤中納言物語』に所収されている物語は必ずしも短編物語とはいえないと述べている。これは「花桜折る少将」という題名に関する一つの解決策であるとは考えられるものの、確定には至っていない。

（2）樋口芳麻呂「『かぜに紅葉』の典拠について」（『愛知大学国文学』八号一九六六・12）。なお、辛島正雄「『いはでしのぶ』の影響作　『恋路ゆかしき大将』と『風に紅葉』と」（『中世王朝物語史論』下巻に所収　笠間書院二〇〇一・9）は、鎌倉時代後半ないし室町時代と推定している。

（3）例えば新編日本古典文学全集『落窪物語　堤中納言物語』（稲賀敬二担当）では、「十一世紀中ごろの女房たちの関心を背景にして成立した作品」と記されている。

（4）遺児若君の美意識のありようは、引用文⑧の前半で宣耀殿女御の方が一品宮よりもはるかに美しいと語っているところからも理解されよう。

（5）高橋亨「可能態の物語の構造」（『源氏物語の対位法』に所収　東京大学出版会　一九八二・5）。

（6）密通の多さという点からすれば、『我身にたどる姫君』を無視することはできまい。したがって、『我身にたどる姫君』から『風に紅葉』へという系譜を考えておく必要があると同時に、同時代文学における密通描写（その可能性も含む）のあり方をも論じていくべきだろう。

（7）『とはずがたり』巻一において、後深草院が里下りをしている二条のもとを連続して訪れた二晩目に「今宵はうたて情けなくのみあたりたまひて、薄き衣はいたくほころびてけるにや、残る方なくなりゆくにも」とあるように、二条は身に付けていた衣装が綻びたと語られている。これは後深草院の二条に対するレイプに近いものと考えられ、姫君の場合とは事情を異にするわけだが、情交と衣に関わる記述が注視される。
(8) 冒頭において結末が暗示されているものとして「花桜折る少将」や「逢坂越えぬ権中納言」が想定される。詳細は拙著『物語文学集攷―平安後期から中世へ―』第一部の［五］の(2)と(4)（新典社　二〇一三・2）を参照されたい。

第七章　『風に紅葉』続拾遺

第六章に続いて、新たに気が付いた点を取り上げることにする。ちなみに、注釈書類に関しては以下のような略記号を用いた。

Ⓐ辛島正雄「校注『風に紅葉』―巻一―」（「文学論輯」三十六号　一九九〇・12）
Ⓑ辛島正雄「校注『風に紅葉』―巻二―」（「文学論輯」三十七号　一九九二・3）
Ⓒ関恒延『風に紅葉　依拠物語　本文　総索引』（遊戯社　一九九九・1）
Ⓓ中西健治　校訂・訳注『風に紅葉』（中世王朝物語全集⑮に所収　笠間書院二〇〇一・4）

なお、小見出しの漢数字は鈴木泰恵との共編著『校注　風に紅葉』（新典社　二〇一二・10）による。

巻一

1 「輪廻の業」一　序文

「輪廻」ということばは、例えば『平家物語』に一例あると記載されてはいるものの、(1)『源氏物語』にはなく、多くの作品で使用されていることばとは考えにくい。(2)

ちなみに、『風に紅葉』巻一序文に「輪廻の業」ということばが記されている。それは、

①風に紅葉の散る時は、さらでもものがなしきならひと言ひ置けるを、まいて老いの涙の袖の時雨は晴れ間なく、苔の下の出で立ちよりほかは、何の営みあるまじき身に、せめて輪廻の業にや、昔見聞きしこと、人の語りしこと、そぞろに思ひ続けられて、問はず語りせまほしき心のみぞ出で来る。（1・一一。上・八）

とあり、中世王朝物語では管見の及ぶ限り、『恋路ゆかしき大将』に、

②（端山ト女一宮トノ仲ハ）あぢきなくむつかしの世や。これも輪廻の業にこそあんなれ。（巻五）

と用いられている。その他には、

③（嫗ノ）返り事には、「……人の心つけむことは、功徳とこそなるべけれ。情をかけ、艶ならむによりては、輪廻の業とはなるとも、奈落に沈むほどのことやは侍らむ。……」（今鏡・打聞第十・作り物語の行方）

④この今様を嗜み習ひて、秘蔵の心ふかし。さだめて輪廻業たらむか。（梁塵秘抄口伝集）

とあり、『日本国語大辞典』には、

⑤皆なすところは、ただ三途の輪廻の業なり。（百座法談〈天永元年＝一一一〇〉閏七月十一日）

⑥「人々を打ちける人をうらめしとおもひたまはば、瞋意の妄執となりて、輪廻の業つくべからず。」（曽我物語・巻十一・母と虎、箱根へのぼりし事）

の二例が記載されているわけだが、『源氏物語』では使用されておらず、前述したいずれの例も院政期以降のものであり、「生死流転の原因となる悪業」（日本国語大辞典）の意であって、平安後期から中世にかけて使用されたことばであると考えられる。

注

（1）宮島達夫他編『日本古典対照分類語彙表』（笠間書院　二〇一四・8）。

（2）「輪廻」の中古・中世の作品における使用例として、『日本国語大辞典』では『うつほ物語』（俊蔭巻）、『文華秀麗集』（巻中）、『三宝絵』（下）、『苔の衣』が、『角川古語大辞典』では『今昔物語』（巻六）、『朝野群載』（巻三）があげられているが、『梁塵秘抄』（巻二）にもある。

2　二　男主人公の家系

男主人公大将（後に内大臣となるが、以下、小見出しを除いて原則的に大将と称する）の父関白が初元結時代に結婚した「古き大臣の御女」（1・一一—一二。上・八）である北の方が男君（権中納言）を出産後、関白は女一宮を盗み出し、大将と姫君（宣耀殿女御。後に弘徽殿中宮）が誕生する。関

白が北の方と疎遠になる件は、

①さるままには（注―関白が北の方と疎遠になり、女一宮に夢中になること）、もとの上の御方（注―北の方）をさをさまれになりゆく。三条わたりに住み給ひしかど、今少し東に寄りて、京極わたりに玉鏡と磨きて、宮の上と住みつき給へるほど遠からねば、車の音、前駆の声も、さながら移りて聞こゆる、いかが（北の方ノ）御胸安からむ。（1・一二。上・九）

と語られているわけだが、傍線部はいわゆる「前渡り[1]」と称される場面であり、『蜻蛉日記』中巻天禄二年（九七一）正月の件に、

②さて、年ごろ思へば、などにかあらむ、ついたちの日は見えずしてやむ世なかりき。さもやと思ふ心遣ひせらる。未の時ばかりに、さき追ひののしる。そそなど、人も騒ぐほどに、ふと引き過ぎぬ。……かくしも安からずおぼえ言ふやうは、このおしはかりし近江になむ文通ふ。さなりたるべしと、世にも言ひ騒ぐ心づきなさになりにけり。

とある記事をはじめとして、この後にも兼家の「前渡り」が数多く語られており、作者の念頭にはこの作品の存在があった可能性もある。

さらに、男君と北の方とが引き続いて死去するわけだが、関白は、

③（男君ト北の方トノ死去ヲ）あはれに心憂く思し嘆きしかど、まさる方（注―女一宮）のいたはしさにや、（死去シタ二人ノコトヲ）御言の葉にかけ給ふことだにまれになりゆく。あはれな

るならひかし。（1・一三。上・九）

と語られており、傍線部で関白の心移りが草子地の形で語られている。その根底には『源氏物語』桐壺巻であれほど桐壺更衣の死を悲嘆した桐壺帝は、更衣と類似する先帝の四宮藤壺が入内すると、

④思しまぎるとはなけれど、おのづから（桐壺帝ノ）御心（桐壺更衣カラ藤壺ニ）うつろひて、こよなう思し慰むるやうなるも、あはれなるわざなりけり。

と語られている傍線部の影響を蒙っていると考えられる。

注

（1）「前渡り」に関しては、今井源衛「「前渡りについて―源氏物語まで」（『中古文学』十七号　一九七六・5。後に『今井源衛著作集』1『王朝文学と源氏物語』に所収　笠間書院　二〇〇三・3）に詳しい。

3　一〇　男主人公に対する太政大臣からの梅見の宴への招待と北の方との関係

大将は父親の兄太政大臣から「我が宿の籬の中の梅の花色も匂ひも誰か分くべき」（1・一九。

上・一五）という歌が届けられ、自邸の紅梅が満開なので見に来てほしい旨の誘いを受ける。この歌には参考として『古今集』の「梅の花を折りて、人に贈りける／きみならで誰にか見せむ梅の花色をも香をもしる人ぞしる」（春上・三八・紀友則）が取り上げられているが（Ⓐ）、『後撰集』にある歌「月のおもしろかりける夜、花を見て／あたら夜の月と花とをおなじくはあはれ知れらん人に見せばや」（春下・一〇三・源信明）が、友則歌のごとく「梅の花」ではなく、「花」（桜）とあるところから問題はあるものの、後に「夕月夜の影はなやかにさし入りて」（1・二一。上・一七）とある点からすれば、「あたら夜の」という歌も「きみならで」の歌と同様に、参考歌として考えるべきではなかろうか。

　ところで、太政大臣は「例の常はまとはし給ふらん、とをかしくて」（1・一九。上・一五）と大将の心中思惟が語られているわけだが、なぜ太政大臣は頻繁に大将を誘うのだろうか。太政大臣邸を訪れた男君に向かって、

　①「翁、むげに近づきたる心地しはべるに、この人（注―北の方との間に生まれた小姫君）のむつかしきほだしにおぼえはべる。ものめかさばこそ世の聞こえも便なうはべるらめ、ただ候ふ人の列にて育ませ給ひなんや」（1・二〇。上・一六）

と太政大臣が語っている背景には、自分は高齢だから、小姫君を大将の侍女（もしくは愛人）の一人として面倒を見てほしいという魂胆があって[1]、太政大臣は何度も大将に自邸に来るように

声をかけていると考えられる。
その後、宴会が始まった件は、

②「御賄ひを宮仕ひ初めにも、それや」と大臣の上（北の方）に聞こえ給へば、……（1・二〇。上・一七）

とあり、太政大臣が北の方に男君に酒をつぐように言っているのは、「先に『さぶらふ人の列にて』と言っていたのを承けて、姫君の宮仕えの手はじめとして、母親（私云、北の方）に手本を示すように言ったもの」Ⓐとする見解もあるが、傍線部は「お近付きのしるし」といった意味ではなかろうか。

その宴会の最中に太政大臣が退席した件は、

③大臣は例の我しもとく酔ひ給ふ癖にて、「むげに無礼にはべり」とて入り給ひぬれば、……（1・二二。上・一七）

と語られている。それは『源氏物語』藤裏葉巻で夕霧が内大臣（もとの頭中将）から自邸における藤の宴に招待され、赴いたところ、長年にわたって実現しなかった雲井雁との結婚を内大臣が許す件と酷似している。すなわち、

④大臣、「朝臣（注—内大臣の長男柏木）や、（夕霧ノ）御休み所もとめよ、翁（注—内大臣）いたう酔ひすみて無礼なればまかり入りぬ」と言ひ捨てて入り給ひぬ。

とあり、引用文③と④の傍線部が酷似している点から、④が③に影響を及ぼしたと指摘されている[2]。両作品において太政大臣と内大臣は自身のことを「翁」と称しており、大将は太政大臣から自邸における梅見の宴に招待され、太政大臣が酔いを理由に退席した後、大将と北の方との間で〈性戯〉が繰り広げられることになる。それは、内大臣が酔いを理由に退席した後、結婚を許された夕霧と雲井雁は〈性戯〉に耽り、夜の「明くるも知らず顔なり」という状況と酷似しているのだ。とすれば、太政大臣の退席は大将と北の方との密通を黙認するという太政大臣の暗黙の了解が語られているのではなかろうか。両者を簡単に図示化すると、藤裏葉巻では、

内大臣が自邸における藤の宴に夕霧を招待

↓

内大臣は自身を「翁」と称して、酔いを理由に退席

↓

夕霧と雲井雁の結婚許可

↓

二人の〈性戯〉への耽溺

となる。一方『風に紅葉』においても、

太政大臣が自邸における梅見の宴に大将を招待

←太政大臣は自身を「翁」と称して、酔いを理由に退席

←大将と北の方との密通を黙認

←二人の〈性戯〉

となり、藤と梅の差異があるだけで、話筋は極めて酷似している。その後に、次のような描写が続く。

⑤女（北の方）の御気色近くてはいとど愛敬づき、をかしげにおはするに、酔ひ少し進みぬるめ人（注―大将）の御心もいかがありけん。夕月夜の影はなやかにさし入りて、梅の匂ひもかごとがましきに、姫君の御新枕にはあらで、あやしの乱りがはしさや。（1・二一。上・一七）

傍線部のこの情景は何のために語られているのだろうか。Ⓐは「ほろ酔い加減に、月影・梅の薫りと、情事を誘う条件が揃う」と指摘している

さらに、情交後の描写として、

⑥ただ行きずりにだに鎮めもあへず、けしからぬならひの（北の方ノ）御人様をまして推し量るべし。男も、まだ知らずをかしう思されて、浅からざりける契りのほどを語らひ給ふ

にも、……（1・二二。上・一八）

とあり、傍線部の「男」は一般的に情交を暗示するのに用いられる記号であるが、大将は北の方に魅力を感じただけではなく、今までこのような行きずりの情交の経験も少なく、最上流層の年上の人妻とこのような関係になったことはなかったということが推測できよう。

注

（1）Ⓐは「婉曲な結婚依頼である」と指摘している。

（2）既にⒶが藤裏葉巻の影響があろうと指摘している。

4 一三 男主人公、梅壺女御たちを垣間見

三月、里下りした麗景殿女御をはじめ、梅壺女御、北の方、小姫君が楽器を演奏しているのを、宮中からの帰途、大将が垣間見する件は、

①左衛門督、簀子に候ふ。うち嘆きたる気色にて笛は吹きやみて、「竹河の橋の詰なる」と唱ひすさみて、「思ひやみぬる」など独りごちて出でぬるに、……（1・二四―二五。上・二一）

と語られている。大将に北の方を奪われた左衛門督は一人ぽつねんと催馬楽「竹河」を口ずさんでいるが、その「竹河」は、

②竹河の　橋の詰なるや　橋の詰なるや　花園に　はれ　花園に　我をば放てや　少女《めざし》たぐへて

という内容である。「北の方を大将に奪われた左衛門督の、多分に自虐的な気分が看取される」（Ⓐ）わけだが、傍線部に注目すると、「御簾の中の女性に、あなたを伴れていこうと思うのだと、からかいかけているよう」で「一人女をわたしにくれ、と言っているわけだ」[1]と解釈されているごとく、大将に傾いた北の方の代わりに小姫君を自分に与えてほしいと暗に要求しているのではなかろうか。とすれば大将に与えられそうになった小姫君を左衛門督が奪うことになり、北の方を奪われた鬱憤をはらせると考えて、左衛門督は「竹河」を口ずさんだのではなかろうか。

ちなみに、『源氏物語』竹河巻においては、薫が故鬚黒大臣の姫君たちを念頭に置いて故大臣の息子藤侍従に、前述の「竹河」を用いて、「竹河のはしうち出でしひとふしに深き心のそこは知りきや」の歌を詠んだことが語られている。

注

（1）鑑賞日本古典文学第四巻歌謡Ⅰ（角川書店　一九七五・5）

5 一五　宣耀殿女御、皇子出産

宣耀殿女御が皇子を出産し、春宮が急いで行啓するわけだが、春宮がその皇子の顔を凝視する件は、

①（春宮ハ皇子ヲ）異事なくまもりきこえさせ給ひて、ほほゑませ給ふものから、御涙の浮きぬるを、大将は御佩刀持ちて候ひ給ふが、（春宮ガ）老い人のやうに、とをかしく見きこえ給ふ。（1・二六。上・二三）

と語られている。傍線部に関して、春宮は初対面の皇子に対してほほ笑んだのは、誕生したのが皇子であるため、自分が即位した暁には、その皇子が春宮の位に就き、将来的には即位する可能性が大きいところから、自分の血脈を継承させることができるという安堵感と、春宮にとっては初めての子供であり、母子ともに安泰であるので、嬉しさの余り老人のように顔をくしゃくしゃにして涙を流していると理解されよう。ちなみに、「涙もろいのが」老人の特徴で、春宮が老人のように涙もろく泣いている（Ａ）とするのは、やや説明不足と思われる。

6 一八　承香殿女御のこと

承香殿女御のもとには父故式部卿宮から譲られた多くの漢籍があるので、大将は縁故を頼って、見せてほしい旨を申し込んだところ、承香殿女御から快諾を得ると同時に、

①「文どもはさることにて、異なる秘事、御みづからならでは」とて、唐めいたる箱の封つきたるを開けて（大将ガ）見給へば、白き薄様に、

㋑「書き付くる昔の跡のなかりせば思ふ心は知らせましやは」

また、

㋺「いかにせん見るに苦しき君ゆゑに心は身にも添はずなりゆくたよりにもあらずあさましうこそ」と書かれたる墨つき、筆の流れ、今の世の上手と聞こゆる御手なれば、……（1・二九—三〇。上・二六—二七）

と承香殿女御から二首の歌が贈られたことが語られている。傍線部の解釈は、

Ⓒあなたの依頼を方便にして、〝すがる恋〟にした訳でもありませんの。

Ⓓ使者でもないのに、『文』によせてあなたに心を届けるなんて、あきれたことですね。

と訳されているが、

※書物にかこつけてあなたへの思いを述べるのはふさわしいことではないのに、こんな思いを申し上げることは、我ながらあきれてしまうことですが。

と訳すべきだろう。というのは、「たより」には「①手づる。縁故。寄るべ。②ついで。よい機会。③便宜。方便。④具合。加減。⑤消息。」（『岩波古語辞典』補訂版）の意味があるが、承香殿女御の㋑歌からすれば、二人を架橋したのは漢籍であり、それが二人の接近の契機となっているからだ。それゆえ、「たより」は②の意味で理解すべきだろう。

さらに、㋺歌の「見る」については、宮中で承香殿女御が大将を一瞥した可能性はあるとしても、実際にこの時点で大将と直接的には対面したことはないが、女御から大将にあてた閲覧希望の書名記載要請の返信を女御は見ていたはずであるから、㋺歌の「見るに苦しき」は「大将からの手紙を見るだけでも切なさを覚えて」と解すべきではなかろうか。ちなみに、この個所は©では「お逢いしたら一層まともにお顔が見られないくらいに」、Ⓓでは「あなたを見ると苦しくて」と訳されている。

7 「十が二」一九　男主人公と承香殿女御との密会

承香殿女御が里下りの折、大将が訪れて密会するわけだが、その後の状況は、

①ここ（注―承香殿女御）にはまして、月頃の下焚く煙は何ならず、時の間だに恋しくかなしく思さるるに、（大将ハ承香殿女御ノコトヲ）心に入れずは見えじ、と折を過ぐさず訪れなどはし給へど、（大将ノ方ハ）こなた（注―承香殿女御）の御心ざしの十が一だにあらじとぞ見ゆる。（1・三二。上・二九）

とある。承香殿女御の大将に対する恋慕と比較すると、大将の女御へのそれは十分の一以下であると語られており、傍線部はほんのわずかでしかないことを意味する。ちなみに、『日本国語大辞典』では中世作品の例文の記載はなく、「可能性、確率などきわめて低いこと。ほとんどないこと。ほんのわずか」と記され、

②彼の揚げ銭の参らせ物を、その身に十が一つも属《つ》けばこそなれ、皆親方の為なりかし。（たきつけ草（上）〈寛文七年＝一六七七刊〉）

③十が一ツ罪障消滅の便ともなれかしとて、……（昔話稲妻表紙・巻四〈文化三年＝一八〇六刊〉）。脚注に「少しでも」の注あり）

の例文が取り上げられているところからすれば、江戸期に多く用いられたようであるが、『水鏡』（下・跋文）に、

④「今、かく語り申すも、なほ、仙人の申ししこと、十が一とぞ申すらん」

とあり、『水鏡』の成立が十二世紀末と考えられているところから、[1]『風に紅葉』に先行する例

となる。

注

（1）『日本古典文学大事典』（明治書院　一九九八・6。『水鏡』の項目は海野泰男執筆）では、文治―建久年間（一一八五―一一九九）頃の成立かと記されている。

8 『栄花物語』との関わり　二三　男主人公、聖を招請するために、難波へ下向・二五　男主人公と故権中納言の遺児若君との対面

大将は妹宣耀殿女御が第二子を懐妊したものの、重態に陥ったために、唐帰りの霊験あらたかな聖を招請する目的で、難波に下向した、いわゆる道行文は次のように記されている。

①八月二十日余りの有明の月とともに、御舟に召す。鳥羽田の面、淀の渡り、(イ)長柄の橋の古き跡、今津、柱本ほどなく過ぎて、(ロ)渡辺や大江の岸に着きぬれば、(ハ)雲居に見ゆる生駒山など、ならはず珍しう思す。……心の塵をすすぐらん(ニ)亀井の水を結びあげても、ものごとに御心澄みつつ、かの聖尋ねさせ給へば、住吉に侍るよし申せば、次の日ぞ御馬にて渡り給ふ。（1・三六―三七。上・三三）

㈠「長柄の橋」は『古今集』に「世の中にふりぬる物は津の国のながらの橋と我となりけり」（雑上・八九〇・よみ人しらず）とあるように、「旧りぬる」と連動して詠まれてきたのである。さらには、㈡「渡辺や大江の岸」と㈢「雲居に見ゆる生駒山」は合体して「渡辺や大江の岸に宿りして雲居に見ゆる生駒山かな」（後拾遺集・羇旅・五一三・良暹法師）と詠まれ、㈣「亀井の水」は「濁りなき亀井の水を結びあげて心の塵をすすぎつるかな」（新古今集・釈教・一九二六・上東門院彰子）と詠まれている。

前述の地名を詠み込んだ道行文は『栄花物語』で二個所語られており、ひとつは巻三十一（殿上の花見）に女院彰子が長元四年（一〇三一）九月二十五日に石清水と住吉に出立した後、天王寺に参詣し、

⑵亀井の水のもとに寄らせたまひて、御覧ずるほどに思しめしける。

濁りなき亀井の水をむすびあげて心の塵をすすぎつるかな

と仰せられたりけんも、げにいとをかしくこそ。

とあり、さらに、天の河において関白頼通が「君が世は長柄の橋のはじめより神さびにける住吉の松」と詠歌し、また、弁の乳母（越後の弁の乳母。紫式部女）が「橋柱残らざりせば津の国の知らずながらや過ぎはてなまし」と詠歌したと語られている。

他の一例は巻三十八（松のしづえ）において、後三条院が天王寺と石清水に参詣後、住吉に詣

で、左大弁経信が「沖つ風吹きにけらしな住吉の松の下枝を洗ふ白浪」（後拾遺集・雑四・一〇六三）にも「延久五年〈一〇七三〉三月に住吉にまゐらせたまひて、帰さによませたまひける」の詞書で所収された二首のうちの後の歌〈注―前の一首は後三条院歌〉として入集している）を詠歌したと記されている。ちなみに、この歌は『古今著聞集』（巻五・和歌第六・一七〇）にあり、「当座の秀歌なりけり」と記されている（『十訓抄』〈第一〇・五〉にも「当座の秀歌なり」とある）。また、因幡守忠季の歌「色ことに今日は見えけり住の江の松の下枝にかかる白浪」が記され、『栄華物語詳解』下（明治書院　一九〇七・1）に「巻の名、此歌よりも出でたり」と論評されている（ただし、初句を「色ごとに」とする）。これらの二首は大将が故異母兄の遺児若君と対面する直前で語られている「松の下枝を洗ふ白浪、入海に作りかけたる釣殿、まことに心すごし」（1・三八。上・三五）の傍線部に影響を及ぼしたものと考えられる。

以上のように、『栄花物語』における女院彰子と後三条院の二個所にわたる住吉参詣の記事が『風に紅葉』の該当個所に影響したのではないかと考えておきたい。

9　二七　男主人公、遺児若君を伴って帰京

大将は故異母兄の遺児若君と対面し、遺児若君を伴って帰京した後、北の方一品宮（以下、

一品宮と称する）の所へ連れて行った件は、

①「（大将ノ）御そばならずは、ただ一人寝ん」と（遺児若君ノ）のたまふ心苦しさに、また、「さらば、いざ」とて、（大将ハ）宮（一品宮）の御そばへも具しきこえ給ふ。終の果ていかがあらん。例のささしかるらん、この草子のと。（1・四二―四三。上・三九―四〇）

と語られている。傍線部には、桐壺更衣の死後、入内した藤壺のもとに桐壺帝が光源氏を連れて行ったところ、やがて光源氏は藤壺を恋慕するようになり、その結果、二人の間に密通が成立し、冷泉帝が誕生するという話筋を彷彿とさせる。この話筋は巻二後半部における遺児若君と一品宮との密通の件に利用されることになる。

ところで、巻一巻末で大将が遺児若君に「『色好み立てて、思ひ寄らぬ隈なく振る舞へよ』」（1・四九。上・四七）と言ったことに対して、中務の乳母が、

②「かく教へきこえさせ給はんに、まことに残ることあらじ。あまりなることはさてしも果てぬならひにて、（大将ト一品宮トノ）御仲や悪しからん」など、……（1・四九―五〇。上・四七）

と返答したことが語られている。宣耀殿女御と遺児若君との初対面の折、女御が遺児若君の眉作りをした時、遺児若君が女御の手をなめ回したので、女御が眉作りをやめたことがあった。宣耀殿女御付きである中務の乳母が実際その場面を見たかどうかは明確ではないものの、後からその場にいた女房の大納言の君から聞いた可能性もあり、それを念頭に置いて傍線部のよう

な発言をしたのではなかろうか。それは遺児若君が将来大将の身近な女性との間で密通を引き起こすのではないかと危惧してのことと考えられる。度の過ぎたことは果てしがないと発言しているのだから、巻一巻末で、巻二後半部で展開される遺児若君と一品宮との密通→一品宮の男君出産→一品宮の急逝という話筋が予言の形で読者に提示され、読者を作中世界に引きつけておこうとしたのではなかろうか。(1)

注

(1)大将が一品宮と遺児若君との間で就寝するということが語られており、それと相俟って、「今後の展開に期待をもたせる効果が計算されていよう」とⒶが指摘している。

10　三〇　弁の乳母の結婚騒動

「式部大輔といふ文章博士なりける末の子」(1・四五。上・四一)は遺児若君に学問を教えていたが、遺児若君が大将に伴われて上京したために、失職して悲しんでいるので、遺児若君と再会させせようとした際、大将は面会し、末子に今まで通り遺児若君に学問を教えるように取り計らった後に、寡婦であった遺児若君付きの弁の乳母を末子と結婚させようと計略をめぐらし、それが一応成功した折、大将が弁の乳母に向かって、

①「いさとよ。古の頼もし人（注―弁の乳母の亡くなった夫）はさしも容貌のよかりしに、（末子ガ）あまり劣りたれば受けとらじと思ひて、逃がさじとてよ。かまへてこの人（注―遺児若君）の御後見、真心にせよ。大方の乳母は、左大弁にてなんあるべき」など、この（遺児若君ノ）御扱ひよりほかのことなし。（1・四五―四六。上・四二）

と語った件の傍線部に関して、「『左大弁』は、弁官の最高位者に見立てて呼んだもの。ご機嫌とりをしているのである」（Ⓐ）とする指摘がなされている。

ちなみに、桐壺帝が光源氏の将来を占ってもらうために、高麗人の相人のもとに「御後見だちて仕うまつる右大弁の子のやうに思はせて率てたてまつる」（桐壺）とある「右大弁」よりも上位の「左大弁」を大将が使用したのは、末子を結婚させようとして弁の乳母を不快にさせた一種のおわびの意味も含まれていると考えられる。

⑪　三一　遺児若君と宣耀殿女御との対面

大将が妹の宣耀殿女御に遺児若君を対面させた際、大将が遺児若君に一品宮と宣耀殿女御と

ではどちらが美しいかを質問すると、女御の方が美しいと答えた後、

①「『この人（注―宣耀殿女御）が誰よりもうつくしう思ひきこゆる』と申しはべるは、㋑仲澄の侍従がまねやせんずらん。心の末こそ後ろめたけれ。なにがし（注―大将）がやうにくづほれたる念なしにては、（遺児若君ハ）よもあらじ。（遺児若君ヲ）あまり誇らかすほどに、痴れ者に生ほし立てつとおぼゆる」など、（大将ガ）笑ひきこえ給へば、……（遺児若君ハ）ただ女のやうにてまことにうつくしう、鬢らまほしければ、（女御ガ）御眉作りなどは御手づからせさせ給へば、（遺児若君ハ女御ノ）御手をばみなねぶりまはし給ふ。「かく性なくは、今はいろはじ」とて、㋺大納言の君にせさせ給へば、「今はさせじ。（女御ガ）御てづからせずは泣かんぞ」とて、（遺児若君ハ）大納言の君の手をばへし除のけ給ふ。㋩「宮仕へもしならはで、苦し」とて、（女御ガ）うち臥させ給へば、「さは、我も寝ん」とて、（女御ノ）御衣ひきやりて御そばに寝給ふ。（1・四六―四七。上・四三―四四）

と語られている㋑「仲澄の侍従」は『うつほ物語』において同母妹貴宮に恋着した挙句、あて宮巻で悶死するという話筋である。大将は遺児若君との対面時に、「『中納言のと言へば、なほ隔たりたるに、ただ殿（注―父関白）の御子となん披露すべき。さ心得て』」（1・四〇。上・三七）と大将は対世間的に遺児若君は父親の子であると語っている点から、宣耀殿女御と遺児若君とが異母姉弟（実際には二人は叔母と甥）を装っているのは、前述の『うつほ物語』における仲澄と

貴宮が同母兄妹であることと関連し、それを変奏させたものと考えられる。とすれば、仲澄が美貌の妹貴宮を恋慕したように、仲澄に該当する遺児若君が貴宮に該当する宣耀殿女御を恋慕する可能性が語られようとしたのではなかろうか。

その宣耀殿女御と遺児若宮とは叔母と甥であり、大将の憧憬の対象であった中宮と大将の関係も、大将の父親と中宮とが兄妹であるがゆえに、叔母と甥の間柄である点に注意を払っておくべきだろう。大将が七、八才で童殿上をしていた時に、

②（大将ガ中宮ヲ）つくづくと目離れなくまもりきこえ給へりけるを、上（帝）の御覧じて、「心のつかんままに、誰がためもよしなし」とて、御入り立ちは放たれ給ひにけり。（1・三四。上・三二）

と語られており、さらに、引用文②の時のことが再度大将から宣耀殿女御に語られているのが次の③の記事である。

③「なにがし（注—大将）は幼くて、中宮をつくづくと見きこえたりけるにこそ、『行く末推し量らる』とて、長く御入り立ちは離れきこえたれ。……」とて、（大将ガ宣耀殿女御ヲ）うち見やりきこえ給へば、……（1・四八。上・四五）

これら②と③の傍線部の表現は類似しているわけだが、さらに、

④（遺児若君ノ）幼心地にも、女御（宣耀殿女御）の御さまの、日頃人にすぐれてうつくしう懐

かしと見きこえつる宮（一品宮）よりも、なほ目もあやなるを、（遺児若君ハ女御ヲ）つくづくとまもりきこえ給ふを、……（1・四六。上・四三）

とある件の傍線部が②③のそれと類似しているのを看過してはなるまい。というのは、②と③は大将が中宮を、④は遺児若君が宣耀殿女御を凝視している点から、そこに恋慕と密通の可能性が秘められているからだ。

さらに再掲することになるが、大将が太政大臣邸の梅見の宴に招待された時の件は、

⑤「（男君ヘノ）御賄ひを宮仕ひ初めにも、それや」と、大臣の上（北の方）に聞こえ給へば、（北の方ハ大将ノ傍ニ）居ざり寄りて、銚子取りて奉り給へば、大将居直りて、色許りて見ゆる女房を、「こちや。いかが、さることは」と（大将ハ）のたまへど、なほ、（北の方ハ女房ノ手ヲ）押さへて奉り給ふを、「さらば、また」とて受け給ふほどの（大将ノ）御気色、（北の方ハ）ただ死ぬばかりぞおぼえ給ふ。（1・二〇―二一。上・一七）

と語られており、状況は異なるにせよ、引用文①の㋺と㋭、㋩と㋥とは表現上類似しており、この引用文⑤の直後に大将と北の方との情交が成立するのである。とすれば、この梅見の宴の場面との表現上の共通性を考えると、仲澄の引用のことと相俟って、遺児若君と宣耀殿女御との密通が想定される可能性が想定されよう(1)。このことは〈性〉を濃厚に浮き彫りにしようとする本作品の特徴を端なくも現出しているといえよう。

注

（1）宣耀殿女御の傍に遺児若君が添い寝をしている様子を女房たちが大将に知らせたところ、「『女の姿ならんほどは苦しからねど、（コノヨウナ習慣ヲ）もの忘れせざらんこそよしなけれ』」（1・四八。上・四五）という大将の発言は、「若宮がやがて宣耀殿を恋の対象として意識し始めることを危惧する」Ⓐものとの指摘がある。

巻二

⑫　一　男主人公の父関白への諫言

巻二冒頭において、大将が父関白に対して次のような提言をしたことが語られている。少々長い引用となるが、

①「かの太政大臣の、すでに六十に及び給ひぬるが、なほ朝廷の御後見なん、心にかかることけにはべる。故大殿（注―関白たちの父親）のこなた（注―父親）へ（関白職ヲ）譲りきこえ給へりけることは、恐れながら御僻事にこそはべりけれ。ひと日も内裏にて、なにがし（注―大将）をとく揺るぎなくなして（注―大将ヲ関白職ニ就ケルコト）みたきとかや奏せさせ給ひ

けるよし承る。かへすがへす当時あるまじきことになん。君（父関白）は四十にこそみたせ給へば、さは言へど御行く末おはします。かの大臣（太政大臣）の、いつの世を待つともなき頭の雪のつみ深うなん見給ふる。さて一宮（注—母は宣耀殿女御）坊に立たせ給ひ、女御、立后など侍らん御栄華の頃、（父親ガ関白ニ）返りならせ給ひて、いつまでも御保ちはべれかし」と聞こえ給ふに、げにも、この風情（注—大将が父親に対して兄に関白職を譲るように提言したこと）思ひ寄らざりけり。親なれど、我が心はむげに言ふかひなしかし。（大将ガ）かやうにのみあまりこの世の人にあまり給へる御やうを、かへりては危なく、（父関白ハ）空恐ろしくさへ思して、うち泣かれ給ひぬ。（大将ハ）「賢しきやうなれど、せめて御世も久しからんためになん、思ひ寄られはべる」とて、これ（注—大将）もうち泣かれ給ふ。上（帝）も、「例のこの大将の計らひならん。なべてならぬ人のさまかな」とぞ仰せらるる。大方、さ披露はなけれど、あまねくさなん人の思ひける。（2・五三—五四。下・五四—五五）

とある。大将は父関白に六十歳を越えている兄の太政大臣の年齢を考えて、一旦関白職を兄に譲り、宣耀殿女御腹の一宮が春宮に就き、女御も立后した暁に、再び父親が関白職に戻ればよいと提言したのである。この提言を耳にした帝は大将を賞讃し、関白に就任した兄も「ものに当たりて喜び惑ひ給ふ」（2・五四。下・五五）点から考えると、父親にこのような提言をした大将の卓越性が強調されたのだといえよう。そのうえ、大将が年末から加行に入ることを父親に知らせると、父親は「あな、あさまし、と思し驚かるれど、怖ぢきこえ給ひて、心のままにも申し給はず」（2・八二―八三。下・八四）と語られている。(1) 傍線部のごとく、父親が大将を畏怖しているのは、前述の関白職譲渡提言の件が関係しているのだと考えられる。さらに、大将が自身の官職を返上しようと父親のもとを訪れた件は、

② （父親ハ大将ノ官職返上ヲ）恨めしうあるまじきことに聞こえ返し給へど、（大将ガ）げにげにしう聞こえ給ふことをば、え否びきこえ給はぬならひになりおきにければ、力なきことにて、……（2・一〇七。下・一〇八）

とあり、傍線部のように、道理にかなったことを言う大将に対して父親は拒否できず、大将の父親をも凌駕する状況が語られている。(2) それは巻二冒頭から続いている図式なのだ。巻二冒頭部で、大将の素晴らしさが賞讃されているのは、巻一において例えば、「『苦しきに、いざ休まん』とて、（大将ガ遺児若君ヲ）かき抱きて臥し給へば、疎く恐ろしげも思はず、うち笑みてかいつきて寝給」（1・四〇―四一。上・三七）うた結果、大将が遺児若君の身体に触って、「身なりなど磨けるやうなる手触り、女のさまよりもをかしげなり」（1・四一。上・三七）と感じ取ったと語られている点に表象されるごとく、遺児若君と同性愛に耽る大将を相対化しようとする意図があったのだ。もちろん、巻二にも「例の隔てなく臥し給ひつつ」（2・七二。下・七三）のような同性愛的描写もあるが、大将が遺児若君に対して女性への心構えを説いた後、大将は「親を

だに従へきこえ給へれば」（2・六二。下・六三）と語られている点からも、「大将∨父関白」が強調されており、巻二冒頭で大将への賞讃が語られている意味の重要性を看過してはなるまい。

ところで、中世王朝物語に属する『恋路ゆかしき大将』巻一で、「恋路の父関白左大臣が兄の吉野山の致仕の大臣に関白職を譲る話と似る」（Ⓑ）という指摘がなされているが、『風に紅葉』と『恋路ゆかしき大将』の二作品は、『無名草子』や文永八年（一二七一）成立の『風葉集』にともに記載がなく、両作品の前後関係は明確にしがたいものの、子の親に対する提言は以下に述べるごとく、『源氏物語』以前に存在する。

ちなみに『うつほ物語』（蔵開・中）では、仲忠が父兼雅に妻の一人である嵯峨院の皇女女三宮に対して手厚い処遇を施すように説得し、また、仲忠が父親に女三宮引き取りを提言したことに対して、仲忠の母で兼雅の妻である俊蔭女が、

③「何か。ここには、年ごろ（兼雅ガ）かくてものし給ふに、（兼雅ノ）御心ざしは見つるを、今は、（俊蔭女ヲ）忘れ給ふとも、思ふべくもあらず。ましてそこ（注―仲忠）に、かく聞こえ給はむことは、よきことになむ」

と引き取りに同意しており、「女三の宮を三条殿に迎える用意が、仲忠主導で進められる。消極的な兼雅を説得し、本意を遂げてゆく仲忠は、すでに政治的において父親を凌ぐ存在であることを証明する」(3)と指摘されているように、子の提言が父親を動かすのである。とすれば、

『風に紅葉』との共通性をうかがうことができよう。さらに蔵開・下において、兼雅は俊蔭女に、

④「いさや。そこ（注—俊蔭女）を見つけ奉りしに、胸・心もつぶれて、よろづのことおぼえざりしかば、知らざりつるにや。この中納言（仲忠）の言ひ出でて、かうして、忘れたりつる見苦しきものどもも思ひ出でさするにこそは。いかに訪ひに遣らむ。食物などこそ、いとあはれなりしか」

と述べているわけだが、女三宮引き取りの件に触発されて、兼雅は妾である故式部卿宮女の中君の面倒を見るようにもなったと語られている。それは俊蔭女の仲忠に対する「『親・君と頼み奉るわが子』」（国譲・下）という発言が仲忠の立ち位置を表象しているのであり、親を凌駕する仲忠の傑出性が浮き彫りにされているといえよう。そのことは「ややもせば枝さしまさるこのもとにただ宿木と思ふばかりを」（楼の上・下）という兼雅歌によっても理解される。傍線部「こ」に「木」と「子」がかけられ、波線部「宿木」は兼雅自身を比喩しており、「宿木」とは「他の樹木に寄生した木」（『岩波古語辞典』補訂版）という負的状況を示すことばであるという点からも、兼雅は息子の仲忠の方が秀でていると認識しているのであって、息子に対する親の劣位性が宣言されているのだと考えられる。

さらに、『落窪物語』において、継母から〈いじめ〉を受けた落窪姫君（以下、姫君と称する）の夫道頼は継母たちへの報復後、姫君の父親に孝行しようと考え、法華八講や七十賀を挙行す

る。巻四冒頭部で姫君の父中納言が重病となって、大納言昇進を希望しているのを道頼が聞き、姫君も「『いかで（父親ヲ）大納言をがな。（大納言ニ）一人なしたてまつりて、飽かぬことなしと思はせたてまつらむ』」と言うのを道頼が聞いて、姫君の父親を定員外の大納言にすることは困難であるとともに、他人の大納言の官職を取り上げることもできないので、道頼は自身の大納言職を譲りたい旨を父内大臣に打診したところ、

⑤「何かはさ（注—道頼が自身の大納言職を姫君の父親に譲ること）思はむを。はやうさるべきやうに奏を奉らせよ。（道頼ハ大将ヲ兼任シテイルカラ）大納言はなくてもあしくもあらじ。わが心なる世なれば」と（父内大臣ハ）思してのたまへば、（道頼ハ）限りなく喜びたまひて、申して、奏奉らせたまひて、中納言、大納言になりたまふ宣旨くだしたまひつ。これを聞きて、大納言（注—姫君の父親）わづらふ心地に泣く泣く喜びたまふさま、親にかく喜ばれたまふに、功徳ならむと見ゆ。

と語られている。とすれば、これは道頼の孝行であるわけだが、道頼は自身の大納言の地位を姫君の父親に譲りたいという旨の提言を父内大臣にして、父親もそれを承認している。このように、子の提言がなされる父親が直接的な対象者ではないが、『風に紅葉』に関連するものと思われる。

以上のように、『風に紅葉』における子の親への提言とその受け入れという話筋は、既にその原型が平安前期物語の『うつほ物語』と『落窪物語』に存在し、『風に紅葉』の該当個所は

これら二作品の影響を受けて、変奏しながら語られていると考えられよう。(4)

注

(1)Ⓑにおいて、「何を「怖ぢ」たのか、ややわかりにくい。内大臣のこれからの不幸を恐れているのか、何を言っても息子の方が一枚上手だから詮ないというような気持か」と指摘されている。

(2)Ⓑは「父関白は息子の内大臣の言動に対してまったく無力である」と指摘している。

(3)新編日本古典文学全集『うつほ物語』②頭注。

(4)『うつほ物語大事典』(勉誠出版 二〇一三・2)「他作品への影響」の項目(中世王朝物語は勝亦志織執筆)において、『いはでしのぶ』『石清水物語』『恋路ゆかしき大将』『風に紅葉』『八重葎』に対する『うつほ物語』の影響が取り上げられてはいるものの、『風に紅葉』に関しては仲澄の指摘だけであり、当該個所の指摘はなされていない。

⑬ 男君の形見の単衣 一九 故式部卿宮の姫君、承香殿女御里邸から東山に転居・二〇 故式部卿宮の姫君、三輪へ移居

故式部卿宮の姫君は大将との関係を異母姉承香殿女御に知られた結果、大将への恋慕に苦しむ

女御の嫉妬のために、里邸から追放され、東山に住む尼上のもとに転居することになるわけだが、姫君はかつて大将から贈られた単衣を「いづくにも形見の御単衣をば身に添へ給へり」（2・七七。下・七八）と語られ、尼上が三輪に行くのにつけて、姫君も随行することになる。三輪への移居直前に、姫君は大将の面影を想起して、「ただありし（大将ノ）御単衣の匂ひの、いまだ変はらないのにつけて、「脱ぎ捨てし小夜の衣の匂ひだに命とともに変はらざらなん」（以上、2・七八。以上、下・七九）の歌を詠む。このように、姫君は大将の形見の単衣を四六時中身につけていることから、それは大将への愛の永続性を意味していると同時に、姫君は「御単衣の袖の綻」（2・七〇。下・七二）ぶまで繰り広げられた大将との二晩目における激しい情交を忘れかねて、大将との共寝を希求しているのではないのか。現実的には大将との情交は不可能であるがゆえに、肌身離さず大将の単衣を身にまとうことによって、大将の残り香を噛みしめているのだ。それは大将との情交の代償行為であると理解されよう。

⑭ 二三 男主人公、梅壺皇后を訪問

大将は加行に入るために、梅壺皇后に挨拶に訪れた件は、

①鳥の音、鐘の音もうちしきるに、（大将が梅壺皇后ヲ）端つ方へ誘ひきこえ給ひて、妻戸を

押し開け給へれば、入り方の月隈なうさし入りたるに、㋑御髪のかかり、分け目、かんざしなどは、わざともめでたう見え給ふに、㋺限りなく世を、あはれ、と思ひ入り給へる御気色、いみじう心苦し。（2・八一―八二。下・八三）

と語られている。傍線部㋺の「御気色」は誰の様子であるのか、大将（Ⓑ）と梅壺皇后（Ⓓ）の二説あるわけだが、「きぬぎぬの別れの袖に霜冴えて心細しや暁の鐘」（2・八二。下・八三）の歌を梅壺皇后の方から先に詠みかけているのを考えると、㋺は梅壺皇后と解すべきだろう。というのは、以前継母北の方から恋慕している大将の太政大臣邸への来訪予定を聞いて、急遽里下りをし、継母の手引きにより大将と密会して以降、大将に首ったけであったからだ。さらに、傍線部㋑では素晴らしい梅壺皇后の髪の様子が語られている一方、㋺では大将が加行に入れば恋慕する大将と密会できなくなるのを悲嘆している梅壺皇后の内面が対照的に語られていると理解すべきだろう。とすれば、「御気色」は梅壺皇后と考えるのが妥当なのではなかろうか。

⑮ 五二　新年、父関白と遺児若君、男主人公を訪問（共編著では「五三」となっているが、「五二」の誤りなので、訂正する）

巻二の巻末近くに朝拝の折、大将のもとを訪れた父関白の詠歌「たち変はる春の気色もかひなきは君を隔つる霞なりけり」に対する返歌「ほどもなく霞の衣たち出でて君が光に会はざらめやは」（以上、2・一一三。以上、下・一一四）を詠んだのは誰であるのかに関して、「内大臣（私云、大将）の歌でありたいところだが、内容からは大将（私云、遺児若君）の歌と見るべきか」Ⓑと理解しておくべきだろう。続けてⒷは「ほどもなく」の歌について、「三箇月の一品の宮の服紀は、十二月で果てているはずなので、内大臣が喪服を脱ぐ意にはとれない。下句は、内大臣の復帰を信じての言」とするが、九月二十日の一品宮の急逝後に、「『姫君には御服も召させじ』と、殿（父関白）ののたまはすれば、（大将ハ）わが御身のみ殿には隠しきこえ給ひて、黒く染め給へり」（2・九四。下・九六）と語られている点からすれば、大将は一品宮を思うゆえに通常の喪服よりも色濃く染めたのであり、そのことを大将の分身である遺児若君は承知しているものの、大将が悲しみにくれてこのまま落ち込んでいく状況を危惧して、再び大将が今までのように輝く存在であってほしいと、遺児若君が湿りがちである場を取りつくろおうとして歌を詠んだものと解したい。

初出一覧

本書に収めた論文は左記の通りだが、本書刊行に当たって、字句等の訂正・加筆・削除を施している。

序　書き下ろし
第一章　学苑　九二三号　二〇一七（平二九）・10
第二章『講座平安文学論究』第十六輯　風間書房　二〇〇二（平一四）・5→後に拙著『物語文学集攷―平安後期から中世へ―』第二部の［六］に所収　新典社　二〇一三（平二五）・2
第三章　井上真弓・乾澄子・鈴木泰恵・萩野敦子編『狭衣物語　文の空間』翰林書房　二〇一四（平二六）・5
第四章　学苑　八七四号　二〇一三（平二五）・8
第五章『日記文学研究』第三集　新典社　二〇〇九（平二一）・10→後に第二章前掲拙著第三部の［三］に所収
第六章　学苑　八八六号　二〇一四（平二六）・8
第七章　学苑　九一二号　二〇一六（平二八）・10

後記

中世王朝物語に属する一作品に照射した研究書は皆無に等しいがゆえに、総花的に一冊として上梓するのではなく、あえて『風に紅葉』を俎上にのせるという方法を取ったのである。〈性〉に照射した作品との最初の出会いは『とはずがたり』であったが、それが中世王朝物語と横軸でどの程度関わりがあるのかを知る必要性を痛感したのである。(1)

今回の刊行に際して、武蔵野書院の前田智彦院主並びに新典社時代から顔見知りの本橋典丈氏に一方ならぬ御世話になったことに対して謝意を表する次第である。

最後に、好き勝手なことをしている小生を黙って見守ってくれた妻久恵に感謝を捧げたいと思う。

注

(1)木村朗子『恋する物語のホモセクシュアリティ』（青土社　二〇〇八・4）、『乳房はだれのものか』（新曜社　二〇〇九・2）が大いに参考になったが、現在、中世王朝物語の各作品の基礎的研究が急務だと考えている。

二〇一七年霜月に記す

著者

著者紹介

大倉比呂志（おおくら・ひろし）

1947年生まれ。早稲田大学大学院文学研究科博士後期課程単位取得退学。

［現在］昭和女子大学大学院教授

［業績］『平安時代日記文学の特質と表現』（新典社　2003年）

『物語文学集攷—平安後期から中世へ—』（新典社　2013年）

『中世日記紀行文学全評釈集成』第2巻（『たまきはる』担当）（勉誠出版　2004年）

『校注　堤中納言物語』（編著　新典社　2000年）

『校注　風に紅葉』（共編著　新典社　2012年）など。

風に紅葉考——百花繚乱する〈性〉への目差し——

2018年1月25日 初版第1刷発行

著　　者：大倉比呂志

発 行 者：前田智彦

発 行 所：武蔵野書院

〒101-0054

東京都千代田区神田錦町3-11 電話03-3291-4859　FAX 03-3291-4839

装　　幀：武蔵野書院装幀室

印　　刷：三美印刷㈱

製　　本：㈲佐久間紙工製本所

ISBN 978-4-8386-0476-0　Printed in Japan